神鬼之家

紀嬰——著

惡鬼將映

高寶書版集團

目錄
CONTENTS

第一章　初入白夜

現在是傍晚時分。

眼前的街道幽深偏僻，兩側矗立著一棟棟低矮民宅。房屋投下黑黢黢的陰影，暮色漸深，夕陽如血。

白霜行站在街口，沉默地打量四周。

這是她從沒見過的地方。

一分鐘前，她和朋友在電影院裡落座，觀看新上映的恐怖片《見詭》。

原本一切如常，然而就在影片即將放映的瞬間，她的意識突然模糊。

再睜眼，自己居然莫名其妙出現在這條街上。

街道老舊陰森，不遠處站著一男一女，和她一樣，臉上盡是茫然神色。

不等有人開口，一道雌雄莫辨的機械音驟然響起——

『叮咚！』

『歡迎進入白夜，生存挑戰即將開始。我是本場挑戰的監察系統〇五六，正在檢索任務資訊……』

聲音出現，在場三人同時臉色一變。

『挑戰名稱：惡鬼將映。』

『挑戰難度：初級。』

『挑戰簡介：見鬼有道，伏魔有法。』

『百里大師捉鬼驅邪數十載，法力高強，聲名遠揚。近日，大師放出風聲，欲尋一名關門弟子繼承衣缽。三位年輕人收到邀請函，前往百家街四四四號進行最終選拔，角逐唯一的拜師名額。殊不知，這是一場噩夢的開始。』

白夜。

白霜行擰起眉頭。

這聲音沒有出處，像是在腦海中憑空出現一般。

等〇五六號系統說完，角落裡的短髮女生顫聲低呼：「白夜？我們怎麼會進入白夜！」

「雖然聽起來很離譜，」站在街口的年輕男人滿面愁容，推了推黑框眼鏡，「但這裡確實是白夜。」

「白夜」，是一個月前出現在全球範圍內的超自然現象。

在那之前，這個世界信奉物質與科學，對靈異神怪嗤之以鼻。

直到白夜降臨。

起先是一個普通的上班族推開公司大門，發現自己進入了另一處詭譎而陌生的建築。建築裡危機四伏，隨處可見凶殘猙獰的怪物。直到躲過無數鬼怪的追擊，存活整整一天後，他才終回到原本的世界。

從那以後，這樣的情況越來越多。

無論回家路上、上學途中、公司、商場甚至臥室裡，都有人被拉進名為「白夜」的異次元世界——一個充斥著鬼怪、靈異事件與非人類生物的詭異空間，要想離開，必須完成白夜安排的任務。

消息傳開，全球駭然。

白夜來得毫無徵兆，無論形成原因還是解決方法，目前沒有科學定論。關於它，人們最為廣泛的共識是：只有通過挑戰，才能活下去。

白霜行默不作聲，嘗試整理思緒。

這是她第一次進入白夜。

根據新聞報導，剛才在她腦海中響起的聲音，被稱作「監察系統」。

每場白夜挑戰都有主系統與不同的監察系統，負責進行指引與監督，不知道出於什麼原因，系統們對人類懷有很深的惡意。

陌生的短髮女孩還沒止住發抖，如同一隻受驚的鳥，攏緊米色毛衣外套。

在她不遠處，年輕男人的情緒稍微平穩一些，但從晦暗的神色裡，能看出焦慮不安。

他能篤定地確認這裡是白夜，很可能是個老手。

白霜行思索片刻，出聲打破沉默：「你不是第一次進入白夜？」

年輕人看她一眼。

「嗯。」

他道：「我叫徐清川，這是第二次。」

每場白夜挑戰的背景和任務不相同，他即便有過經驗，也起不了多大作用。

而且……

徐清川有點不好意思：「其實在上一場白夜裡，領頭通關的是別人，我沒做什麼貢獻。不過有問題的話，妳們儘管問我就行，我會把知道的內容如實相告。」

徐清川沒說假話。

環視周圍陰森森的樓房一圈，他只覺得渾身起雞皮疙瘩。

眾所周知，「白夜」象徵著高風險、高驚嚇以及超高的死亡率，但凡心智健全的正常人都不想被拉進這鬼地方。

他不過是一隻跟在大佬身後喊六六六的小菜雞，上次被嚇得快瘋，兩條腿大半時間全是軟的。

萬萬沒想到，今天搖身一變，居然成了三人中唯一有經驗的。

天地可鑑，他快緊張死了，偏偏短髮女生一直盯著他瞧，儼然將他看作可靠的前輩。

他何德何能啊。

徐清川心虛地避開她的目光：「妳們呢？叫什麼名字？」

「我……我叫文楚楚，第一次進入白夜。」短髮女孩不再發抖，神色不安：「我本來好端端坐在電影院裡，打算看《見詭》，一眨眼，就突然到這了。」

「在江安市的百達影城？」

「對！」

徐清川有點明白了，看向在場的第三個人：「妳也是嗎？」

對方點頭。

這是個非常漂亮的年輕女生，丹鳳眼，黑長髮，皮膚很白，回答他的問題時，語氣禮貌又溫柔：「我叫白霜行。」

她自始至終不哭不鬧，順理成章接受了眼前的事實，此時此刻，已經打量起四周的環境。

徐清川好奇：「這是妳第幾次進白夜？」

白霜行：「第一次。」

所以是……新手？

徐清川有點驚訝。

白夜意味著九死一生，被困在這的人要麼慌亂要麼絕望，就算有極個別膽子大的，也會顯露出煩悶焦躁。

諸如此類的情緒，他沒在白霜行臉上發現一絲一毫。

隊友看起來還算可靠，徐清川鬆了口氣，壓下惴惴不安的心情，緩聲開口。

「我來簡要介紹規則吧。」他說：「白夜裡，每個人都會接收到主線任務和支線任務，只有完成主線劇情，才能活著離開；至於支線，你完成越多，結算拿到的獎勵越豐富。」

白霜行點頭。

之前系統音響起時，在她腦子裡同步出現過任務畫面。

『惡鬼將映。』

『你的角色：一個急於尋找新工作的年輕人，對於百里大師的弟子之位，你勢在必得。』

『主線任務：完成百里大師的三重試煉。』

『支線任務：未解鎖。』

『專屬技能：未解鎖。』

支線任務的部分一片空白，看來難度不小，需要自己去觸發。

「除此之外，每個進入白夜的人，都會被賦予一項專屬技能。」徐清川說：「只有第一場挑戰結束，技能才會啟動，妳們是新人，目前沒辦法使用。」

白夜裡充斥著殺戮與鬼怪，「技能」的存在，為人類留下一條血淋淋的生路。

聽說任務完成後，還能用積分兌換各種奇珍異寶，前提是，他們能活著離開。

文楚楚看他一眼，難掩心中好奇：「能說說你的技能嗎？」

「束縛。」徐清川如實相告：「可以讓鬼怪原地定身兩分鐘，每二十四小時只能用一次。」

白霜行神色微動。

毫無疑問，這是很有用的救命繩。

一旦撞上實力強勁的厲鬼，或是遭遇不死不休的追逐戰，都能發揮舉足輕重的作用。

「時間不早了，儘快推進主線任務吧。」徐清川說：「根據任務描述，我們三個是打算拜入百里大師門下的弟子。既然要拜師，第一步肯定是找到這位『大師』。」

白霜行頷首：「百家街四四四號。」

如同對他們的回應，她話音剛落，虛空中陡然響起提示音。

奇怪的是，這並非〇五六系統那樣冷冰冰的機械聲，而是抑揚頓挫、渾厚有力，像極電影裡的旁白。

『你們決定結伴而行，一同前往百家街四四四號。』

『長街深不見底，如同詭譎莫測的命運。每人心中不約而同浮起一個念頭：你們，能活到最後嗎？』

文楚楚被突如其來的聲響嚇得一激靈：「誰在說話？」

徐清川同樣茫然：「奇怪，我上次進入白夜的時候，沒聽過這種聲音啊。」

〇五六輕哼一聲，語氣理所當然。

『溫馨提示：《惡鬼將映》為電影拍攝場地，為了更好地詮釋影片劇情，本次挑戰將增設旁白，隨時播報進度。』

『期待由各位共同演繹的優質電影！』

聽它說完，徐清川有些頭疼。

這種設定，還真是符合白夜的惡趣味。

只希望等關鍵劇情到來的時候，旁白不要突然出現，再把他們狠狠嚇一跳。他膽子小，實在經不起驚嚇。

白夜之中奇詭莫測，要是繼續待在外面，說不定會遇上什麼危險的事情。

眼看天色漸暗，徐清川望向身前兩名隊友，語氣裡透出顯而易見的緊張：「我們走吧，去四四四號。」

三人所處的地方，正是任務背景中提過的百家街。

街道幽深窄小，一眼望不到盡頭，看房屋風格，像極十年前的鄉鎮。

兩邊佇立的房屋普遍不高，參差不齊宛如魚鱗。

牆壁上要麼是灰黑的霉斑，要麼生了密密麻麻的爬山虎，置身其中，讓人心生壓抑。

空氣裡夾雜著油煙與腐臭味，地面的條條溝壑裡，滿是深黑色不明液體。

白霜行腳步輕盈，避開髒污的泥水，不讓它弄髒鞋襪。

一路上，他們大致交換了個人資料，發現都是在校大學生。

她在Ａ大讀美術，徐清川是小她一屆的學弟，就讀於軟體工程系。

文楚楚的身子小小一個，說起話來輕聲細語，居然在警校念書。

這條街道很長，在太陽落山之前，一行人終於來到目的地。

四四四號。

這是個很不吉利的數字，與恐怖片相得益彰。樓房共有四層，外觀是平平無奇的老式民宅，門窗緊閉，看不見內裡情形。

徐清川推了推一樓的鐵製大門，沒推動：「門鎖了。」

他又嘗試敲門，同樣沒反應。

文楚楚有點緊張：「屋子裡沒人？」

不怪她膽小，這棟房子實在陰森。整條街上那麼多民宅，唯獨靠近它，立馬有一股令人頭皮發麻的寒意往腦袋上湧。

白霜行沒說話，目光落在鐵門上。

樓房年歲已久，鐵門生出斑駁鏽跡，在一人高的位置安有貓眼。

……等等。

她上前一步。

那並不是貓眼。

準確來說，防盜貓眼已經被人取下，只留一個黑黑的圓孔。他們站在屋外，透過小孔，能看見屋子裡的景象。

『一個圓孔。』

當她發覺這一點的同時，旁白驀然響起。

『你們是百里大師挑選的關門弟子，住在這裡的人知道你們會來，但為什麼敲門無人應答？或許，它能給你們答案。』

徐清川皺眉：「它的意思是，讓我們看向小孔裡面。」

「這種圓孔……太令人不適了。」文楚楚十分警惕：「恐怖片裡，洞孔是偷窺狂的最愛。」

徐清川深以為然。

恐怖片定律之一，永遠不要看門縫、床底和小洞。

窺視永遠是驚悚故事中不可或缺的元素，見到這個黑幽幽的洞口，他下意識覺得不妙。

「既然這場白夜的形式是恐怖片，那電影裡原有的劇情套路，會不會在這裡出現？」文楚楚也意識到了：「當我們看向洞口……不會突然出事吧？」

他們隱隱察覺到危險，視線不可及的暗處，〇五六號監察系統迫不及待，心中默念接下來的旁白。

來了。

很快，就將迎來整場電影的第一個驚嚇點。

在預設的劇情裡，主角團來到四四四號，敲門沒得到回應，於是看向牆上黑漆漆的小洞。

洞口狹小，四下靜謐，就在他們放鬆警惕時，一隻布滿血絲的眼睛突然出現，停在洞口另一頭——原來門後的男人偷窺成癮，與他們僅有一牆之隔，透過洞口，一直默默窺伺門外的動靜！

這種出其不意的嚇人伎倆雖然老套，但勝在效果奇佳，輕則令人猛一哆嗦，重則使人心神大亂，當場跌坐在地。

想想那樣的景象，它不由得生出惡趣味的期待。

這些人，會被嚇成什麼模樣呢？

與此同時，鐵門外。

經過幾秒鐘的思考掙扎，徐清川決定上前查探。

要說不怕當然是假的，如果可以選擇，他寧願一輩子當一隻喊六六六的小菜雞。

然而命運使然，身為在場唯一的老手，他總不能縮在兩個女孩子背後。

徐清川默默握拳。

加油，堅強，他可以！

他正要邁步，沒想到，居然有人搶先一步。

是白霜行。

「要、要不然還是我來吧。」徐清川趕忙勸她：「恐怖片裡那麼多套路，屋子裡不知道藏了什麼東西，萬一突然冒出來……」

他話剛說完，身後的文楚楚弱弱開口：「我來吧。」

徐清川沒想到她會出聲，聽文楚楚繼續道：「我在學校裡練過搏擊，反應速度比你們快，如果真的有危險，我能馬上避開。」

她挺直後背，努力表現出可靠的模樣。

儘管臉色白得像紙，指尖打著哆嗦。

他們兩人如臨大敵，門前的白霜行卻神色坦然，低眉揚起嘴角：「有沒有套路，試試不就知道了。」

開始了。

〇五六心情大好，聽旁白響起。

『門外，她緩緩低頭。』

白霜行俯身，垂頭。

同一時刻，她不緊不慢拿出手機，在相簿裡的搜尋框打了兩個字。

然後停頓一秒——

出乎所有人意料地，把手機螢幕伸向洞口。

徐清川：？

文楚楚：？

監察系統〇五六：？？？

剎那的茫然裡，它看清了白霜行飛快打出的那兩個字：鬼圖。

端端正正，好似兩個響亮的巴掌，又像毫不掩飾的嘲笑，讓它生出一絲呆滯與恍惚。

這女人……當房子裡的偷窺者死死盯著門外時，她居然直接點開相簿裡的厲鬼圖片，不帶絲毫遲疑地，把它飛快伸向洞口。

——於是不偏不倚，鮮血淋漓的鬼臉猛然浮現，正好進入偷窺者的視線之中！

有那麼一瞬間，房中的男人愣住。

旁白沒設想過這樣的情節發展，一時間呆呆停住，發不出任何聲音。

萬幸，它的職業素養不錯，很快調整好思緒，讓抑揚頓挫的聲音再度響起。

『門內，他緩緩低頭。』

『小孔昏黑，被夕陽映出模糊血色。男人毫無防備，探出視線的剎那，赫然見到一張五官扭曲的鬼臉！』

『這是怎樣的恐懼！幾近窒息，胸腔狂震，他猛一哆嗦，跌坐在地，發出震耳欲聾的尖叫聲！』

房門之外，三名本該受到驚嚇的挑戰者靜默站立，身邊無事發生，只有一縷秋風緩慢掃過。

房門之中，身為偷窺狂的反派角色撕心裂肺：「啊——！」

完全超出想像的劇情發展。

徐清川愣了，文楚楚呆了，旁白徹底沉默了。

屋裡那人被嚇得不輕，雙腿一軟癱倒在地，發出撲通一聲悶響。

白霜行聽到聲音收回手機，花了一秒，露出驚詫的神情：「裡面有人嗎？敲門這麼久沒反應，我還以為是座空屋。不好意思，你沒事吧？」

徐清川：「……」

他打賭，這人的驚訝是裝的。

文楚楚：「……」

演得好像，好渾然天成！

男人的出場本應神不知鬼不覺，充滿森然的驚悚色彩，被白霜行這樣攪和，全盤化作一聲慘叫。

就很沒面子。

屋子裡安靜良久，片刻後，鐵門被人緩緩打開。

門內的中年男人看起來四十歲左右，兩眼細長，體態臃腫，不知是被嚇的還是氣的，臉色鐵青。

白霜行與他四目相對，露出略帶歉意的淺笑：「你好，我們收到邀請函，來應徵百里大師的關門弟子。請問你是……」

「這棟房子是我的。」男人努力克制羞憤的情緒：「百里大師是我表姐，暫時住在這。」

「原來是房東。」白霜行：「抱歉，剛才手機不小心晃了一下，是不是嚇到你了？」

不小心，晃了一下。

房東實在忍不住，眼角輕抽。

這個女人，究竟是怎麼做到這樣若無其事的啊？正常人誰會把手機畫面設成一張鬼圖，還特地往別人門口湊？

他好氣。

但成年人的自尊心告訴他，自己不能發怒——被一張圖片嚇得尖叫摔倒，這種丟臉丟到姥姥家的事，他絕不可能讓其他人知道。

「沒事。」中年男人扯動嘴角，笑得老實憨厚：「我踩到地上的水，不小心摔了個跟頭，跟妳沒關係。」

白霜行配合他的表演：「這樣啊，那我就放心了。」

房東回以一聲呵呵。

雖說是他先撒了謊，承認自己踩水滑倒，但親眼見到白霜行這副事不關己高高掛起的模樣……

更生氣了怎麼辦！

冷靜，冷靜。

中年男人閉眼深呼吸：「你們進來吧。」

他不想理這夥人，走過場般冷淡介紹：「表姐最近身體不舒服，在房間裡靜養。我帶你們去見她，記住，保持安靜，別添亂。」

百里大師身體不適。

白夜的生存挑戰裡，往往不會給太多無用資訊，白霜行默默將之記下，抬頭觀察房子裡的景象。

進門後是一條狹窄昏暗的走道，沒亮燈，很安靜。

白牆斑駁，蒙著死寂的灰。不知道是不是錯覺，越往前，周圍的溫度越冷。

「表姐住在二樓。」房東走在前面：「跟緊。」

走廊裡落針可聞，只能聽見一行人的踏踏腳步，行至二樓，白霜行聞到越來越濃的檀香味。

身邊的文楚楚似乎也覺得冷，默默攏緊衣領。

這棟樓房的布局類似酒店，二樓被一條筆直的走廊橫穿左右，走廊兩邊排列著四個房間。

房東一聲不吭，敲響左側的房門。

說來奇怪，門後分明沒人，當咚咚敲門聲響起，防盜門居然自行解了鎖，順勢敞開。

文楚楚低聲驚嘆，房東對此習以為常，推開房門。

門內是一室一廳，大廳裡亮著燈，臥室則是房門緊閉，悄無聲息。

與白霜行想像中如出一轍，「百里大師」的屋中陳列著令人眼花繚亂的法器符籙，正中央的木桌擺了個玉製觀音。

燈光昏黃，輕薄如霧，將菩薩襯得慈眉善目，透出幾分暖釉似的微芒。原本渾身緊繃的文楚楚見了它，明顯放鬆不少。

客廳裡不見人影，房東上前幾步，低喚道：「表姐，人來了。」

房中似是有風拂過，又像死寂如泥潭。

白霜行循聲望去，聽見「吱呀」一響。

——客廳旁，臥室房門幽幽敞開一條細長縫隙，從中沁出更為濃郁的檀香，以及一道中氣不足的虛弱女聲：「嗯。」

白霜行、文楚楚與徐清川同時愣住。

在劇情簡介裡，明確提到百里大師「捉鬼驅邪數十載」，不說年事已高，但按常理來講，怎麼也得是個中年人。

然而這聲音輕柔婉轉，竟像是從二十多歲年輕女人口中發出的一樣。

「身有不適，恕不能迎接遠客。」

門縫很小，無法讓他們看清房中的景象，只能聽女人道：「我看過你們寄來的簡歷，都很不錯，但最後能被選中的名額只有一個……這一點，你們清楚吧？」

徐清川：「清楚。」

對方輕輕笑了笑。

「入我師門，就要以驅邪除鬼為己任。這不是件容易的事，曾有那麼多人趨之若鶩，結果呢？死的死跑的跑，大部分一見到鬼，就被嚇得忘了身分。」

幾縷白煙從門內徐徐溢開，帶來女人有氣無力的低喃：「要幹這一行，膽魄、冷靜和隨機應變的本事必不可少，我為你們準備了三個試煉。」

來了。

白霜行心神一動，集中注意力。

這次白夜挑戰的主線任務，就是完成這三項試煉。

「陰陽兩界涇渭分明，但有時候，透過一些方法，活人也能連通陰間。」百里大師緩聲說：「民間的傳言裡，有很多見鬼的方法，我搜集到三種，卻不知真假。你們要做的，就是把它們逐一嘗試一遍，分辨哪個是真哪個是假。」

這樣……就可以了？

徐清川鬆了口氣。

既然有真有假，那真正會遇到鬼的試煉，頂多剩下兩個。

更幸運的是，試煉要求的只有「見鬼」，不需要他們刻意作死，做一些招惹仇恨值的蠢事，從而被鬼怪追殺。

不愧是初級難度的挑戰。

這樣想想，他的心情立馬輕鬆許多：「哪些試煉？大師請說。」

「其一，筆仙。其二，供奉。其三，追月。」女人的聲音越來越弱：「咳……阿濤，把紙給他們。」

站在門邊的房東乖乖抬手，從口袋裡掏出幾張折疊好的宣紙，逐一分發給三人。

白霜行將它打開。

紙上用游雲驚龍般的毛筆字寫了幾段話。

『見鬼之法。』

『一、請筆仙：午夜十二點，幾人共同握住一支筆，齊念「筆仙筆仙，你是我的前世，我是你的今生。今生若是有緣，請在紙上畫圈」。』

『二、供奉：墓地多遊魂。於午夜十二點在墓地點燃白燭，白燭旁擺放饅頭，無家可歸的餓鬼會前來進食。』

『附：公墓位於四四四號正北，距離約五百公尺。』

『三、追月：午夜十二點，立於陰氣彙聚之地（如墓地、凶宅），朝月亮的方向行走四十四步。』

「完成之後，就來見我。」百里大師道：「最先答對的人，將成為我的關門弟子。如果沒有其他事情，三位請回吧。」

這是句再明顯不過的逐客令，徐清川逐字逐句看完紙上的內容，心中一沉。

……大意了。

這次試煉的內容，似乎沒有他想像中那麼簡單。

不說後面兩個從沒聽過的古怪風俗，單論筆仙，就是一件凶險莫測的大殺器，幾乎在所有恐怖電影裡，所過之處非死即傷。

要不然，還是問問更深入的細節吧？

他正琢磨著應該如何開口，就聽有人道：「請問——」

一轉頭，果然是白霜行。

「紙上只寫了如何見鬼，見到祂們之後，我們該怎麼辦？」她說：「比如第一項的請筆仙，我們知道召喚的辦法，那送走的呢？還有第二項的祭奠，鬼魂前來吃食，會不會傷害我們？如果會，我們要怎麼應對？」

試煉要求只有「見鬼」，聽起來非常容易，但沒人知道，完成紙條上的方法後，鬼怪會對他們做什麼。

白霜行一向求穩，不會放過任何細節資訊。

不知怎麼，屋子裡安靜了幾秒鐘。

「送走筆仙，只需問完問題，告訴祂『筆仙請回』就行。」片刻後，百里大師開口：「紙上的方法並不危險，只要不惹怒祂們，就不會遭到報復。」

白霜行瞬間抓住重點：「惹怒？」

這一次，臥室裡沉默的時間更長。

不只大師，連暗暗窺視全域的〇五六號系統也發出一聲冷嘖。

這是白夜設下的第一個圈套。

紙條上明明白白寫著「見鬼之法」，大部分的人會理所當然認為，這些辦法只會影響視覺。

然而事情哪有這麼簡單。

連通陰陽本就是禁忌，當人與鬼沒了界限，人見鬼，鬼同樣能發現人。

這是個利用思考漏洞做出的文字遊戲，有不少新人因此上當，從而放鬆警惕，最終慘死。

門邊的房東乾笑幾聲：「既然是試煉，我覺得，就不用給太多提示了吧。」

白霜行看他一眼。

一瞬間，〇五六心中升起不太好的預感。

它覺得，她又要開始了。

果不其然。

「大師說過，試煉的內容只是『見鬼』，那見鬼之後的風險，就不應該由我們承擔。」白霜行微微頓住，語氣更柔：「再說，百里大師驅邪捉鬼這麼多年，一定不會為了區區一場試煉，讓無辜的我們遭遇危險，對吧？」

百里大師重重咳嗽幾聲。

房東眼皮狂跳。

〇五六：『……』

在試煉裡，的確只要求「見鬼」，沒讓他們對付鬼魂。

這本來是個語言陷阱，沒想到竟被反將一軍，成了白霜行索取提示的理由。

而且聽她最後一句話，難道這就是傳說中的人類頂級社交方式——道、道德綁架？

她這段話有理有據，沒有拒絕的理由。

房中的女人終於應聲：「假裝看不見，不要對視，也不要回答祂們的問題，這是活命的法則。」

說完，她病怏怏輕咳幾下：「我身體抱恙，還要多加休息。沒別的事，就請回吧。」

主人下了逐客令，白霜行等人只好告辭。

這棟屋子客房眾多，在試煉期間，百里大師會提供免費住宿。

他們被安排在三樓住下，房東走後，三人聚在徐清川房間裡進行討論。

「好奇怪。」文楚楚覺得疑惑：「見鬼之法藏有一定的風險，像這種事情，百里大師為什麼不一開始就告訴我們呢？」

「看她的態度，很明顯對我們有所隱瞞。」徐清川也想不通：「這樣做，她能得到什麼好處？」

「確實是個疑點。」白霜行皺眉：「關於三個試煉，你們怎麼看？」

「我覺得第三個最可疑。」徐清川說：「筆仙幾乎人盡皆知，墓地餓鬼也很邪門，至於『朝著月亮走四十四步』，我根本沒聽過。」

文楚楚搖頭：「但如果是這個選項，未免太明顯了。說不定劇情會反其道而行之，筆仙才是以訛傳訛的謠言呢？」

說實話，無論哪個是真哪個是假，都讓她覺得後背發涼。

文楚楚的膽子其實不小，唯獨怕鬼。

今天之所以來看恐怖片，就是想直面恐懼練練膽，沒想到居然撞進一場白夜。

這哪裡是直面恐懼，這是被恐懼一口吞了，連骨頭渣都不剩啊。

「我真是不明白。」文楚楚小聲嘟囔：「這群人好端端的工作不幹，為什麼非要來應徵天師弟子？這不是在拿命開玩笑嗎。」

「主角不作死，哪來的恐怖片。」徐清川扶額：「在恐怖片裡，不正常的工作是一定要做的。」

白霜行深以為然：「鬧鬼的房子，是一定要住的。」

文楚楚悟了：「深夜是一定要單獨行動的，還有情侶，一定是要死得透透的。」

這該死的套路。

三人不約而同嘆一口氣。

如今通關方向尚不明晰，徐清川當久了朋友身邊的氣氛組，習慣性發問：「所以，我們接下來怎麼做？」

說完了才反應過來，不對啊，他不是在場唯一老手嗎？

白霜行笑笑：「先從試煉做起，慢慢搜集資訊吧。」

文楚楚吞下一口唾沫：「我們首先……選哪個？」

「第三項太古怪了，至於第二項，墓地裡不知道有多少餓鬼，難度不可控。」徐清川摸摸下巴：「筆仙怎麼樣？只需要面對一隻鬼，而且據我所知，只要不問祂是怎麼死的，就不會惹怒筆仙。」

這的確是最簡單的一項。

現在沒別的劇情可走，想要離開白夜，必須儘快完成所有試煉。

時間馬上要到午夜十二點，沒有異議，三人一致決定請筆仙。

儀式非常簡單，徐清川翻箱倒櫃找到一支中性筆，握緊立在客廳桌上。

文楚楚有些忐忑：「只要我們一起握筆，再念咒語就行了嗎？」

「嗯。」白霜行握住中性筆上端，抬頭與她對視：「害怕嗎？要不要先休息一下？」

她睫毛極長，在眼底投下一片溫和倒影，語氣又輕又柔，沒有絲毫不耐煩的意思，讓人感到莫名可靠。

文楚楚指尖微動，搖了搖頭。

於是三人共同握筆。

要說不害怕，當然是假的。

徐清川有生以來第一次請鬼，心臟快要提到嗓子眼，秉持著「在場唯一老手」的信念，緩緩出聲：「筆仙筆仙，你是我的前生……」

他們進入白夜時，天色已入傍晚，經過一陣子的折騰，外面完全暗了下來。

整棟房屋格外老舊，牆體斑駁，燈光幽暗。淡黃的光暈輕薄如紗，夜色沉沉，安靜得近乎詭異。

除了徐清川的低喃，耳邊再無其他聲響，在這種極致的壓抑裡，每次呼吸都能牽動神經。

徐清川已經念了不知道多少遍：「筆仙筆仙，你是我的前生……」

這一次，他能沒把接下來的臺詞說完。

——中性筆原本直直立在桌上，須臾之間，忽地一晃。

來了。

白霜行心口一跳。

文楚楚出乎意料地沒有尖叫，手指顫抖，屏住呼吸一動也不動。

似乎覺得冷，她嘴唇發白，打了個哆嗦。

徐清川試探性問道：「筆仙，是你嗎？」

筆身緩緩挪動，在白紙上留下一個歪歪扭扭的大字——『是』。

只要問一個問題，再把祂送走就好。

按照之前的討論，徐清川道：「筆仙筆仙，請問今天早上那場高等數學測驗，我過了嗎？」

中性筆微微一顫。

緊接著，用潦草不堪的字跡寫出一個『否』。

徐清川的雙眼失去焦距：「……」

白霜行低頭抿唇，壓下不合時宜的笑。

怎麼說呢，徐清川當初進入白夜的時候，表情都沒現在這麼絕望且痛苦。

「沒事沒事，意料之中。」徐清川強顏歡笑：「我們沒有其他問題，筆仙請回吧。」

問完問題，就能讓筆仙儘早離開，用一個悲慘的消息換來一場試煉的終結，值了。

——前提是，筆仙會乖乖離開的話。

半晌之後，桌前三人齊齊皺眉。

不對勁。

如果順利送走筆仙，這支筆理應失去力道，不再牽引他們寫下字句。

但此時此刻，它非但沒有卸下力氣，甚至在他們沒有提問的情況下，擅自顫動。

「筆仙。」徐清川有點慌，重複一遍：「請回吧。」

沒有回應。

手中的筆動作更快更重，將白紙劃出道道細長裂痕，與此同時，旁白聲響起。

『這是怎麼回事？』

『三個年輕人驚駭萬分，這才反應過來——』

『請筆仙，其實就是請鬼。孤魂野鬼遊蕩在陽間，難免沾染怨氣，怨氣深重的鬼見了人……怎麼捨得輕易離開？』

該死。

徐清川暗罵一聲。

白夜用心險惡，擺明不想讓他們輕鬆通過試煉。

紙上筆跡潦草，繁雜紛亂如蛛網。

文楚楚看著密密麻麻的黑色痕跡，想開口，卻說不出話。

早在儀式開始時，她就感到了不對勁。

那隻鬼既然能伸手握筆，一定也站在這張桌子旁邊，那……祂在哪裡？

涼意從腳底冒出，悄無聲息爬滿全身，像冰稜，又像嬰兒柔若無骨的手掌，一下一下摩挲她的神經。

文楚楚終於知道，她為什麼會覺得那麼冷了。

一縷長髮從側頸垂落，輕輕掃過她的頸窩。

可她明明是短髮。

他們三人圍坐在一張圓桌前，彼此距離很近，沒有太大空隙。

筆仙不可能站在他們左右兩邊的間隙裡，這樣想來，只剩下一種可能性。

……祂在她身後。

緊緊貼著她的後背，從她身側伸出手，掌心貼在她手背之上，握住那支筆。

令人毛骨悚然的戰慄感在腦海中炸裂，文楚楚用力咬牙，強迫自己不發出尖叫聲。

手中的中性筆瘋狂晃動，來來回回，在紙上留下繚亂的字跡。

一個碩大的、詛咒般的黑色字體，滿含怨毒之意。

——『死』。

第二章 請筆仙

氣氛降至冰點。

身後的惡鬼散發冰冷寒氣，文楚楚不敢回頭，即便只是背對著祂，也能感受到怨毒瘋狂的殺意。

紙上的「死」字越來越多，背上的重量逐漸增長，把她壓得喘不過氣。

今天晚上……絕對完蛋了。

他們毫無還手之力。

室內安靜，只剩下筆尖劃過紙頁的嘩嘩聲響，忽然有人叫她：「還能堅持一下嗎？」

文楚楚抬頭，是白霜行。

她說著勾了勾嘴角：「一直沒鬆手，妳已經很厲害了。如果是我，肯定早就被嚇得大喊大叫。」

文楚楚被誇得有點茫然，也許是意識到有人陪著自己，恐懼感淡了幾分。

「白夜不會出現必死的難題。」白霜行道：「還有機會。」

她說完抬起空出的左手，手臂靠近時，帶來清新涼爽的沐浴乳微香。

在對方驚愕的目光裡，白霜行握住文楚楚握筆的右手。

文楚楚睜大雙眼：「等等——！」

那隻鬼手正握著她右手，白霜行這樣做……

豈不是直接碰到祂了嗎！

與鬼魂直接接觸，感覺有點冷。

白霜行神色不變，朝她眨眨眼睛：「別怕，我們繼續問祂問題。」

文楚楚怔怔看著她。

被她的左手握住，手背上刺骨的寒意瞬間減少許多，取而代之的是少女掌心溫暖的熱度。

獨自一人面對惡鬼的絕望悄然褪去，她深深吸了口氣，點點頭。

「請筆仙的規則是，我們提出問題，祂必須回答。」白霜行垂下眼睫：「這是規則，是鐵律，筆仙也不能違背。」

否則那些孤魂野鬼被請來後，為什麼非要乖乖答題，要想吃人，直接動手就行。

之所以老實作答，很可能是因為，祂受制於請鬼的規則。

徐清川也冷靜下來：「但就算問了問題，祂也能馬上答完——」

然後朝著他們繼續逼近。

等等。

徐清川靈光一現：「圓周率怎麼樣？祂永遠答不完！」

「不行不行！」文楚楚搖頭：「我們還握著筆呢！如果祂一直寫下去，我們也得跟著遭殃。」

在筆仙遊戲裡，中途鬆手是大忌。

問圓周率這事傷敵八百自損一千，如果讓筆仙長長久久寫下去，他們也得一輩子握著筆，永遠無法結束這場試煉。

討論這麼一陣子，中性筆晃動的頻率越來越快。

冷意沁入骨髓，眼看有什麼東西要掙扎而出，徐清川試探性丟出一個問題：「筆仙，圓周率後一百位的數字是幾？」

沒有任何停頓。

筆尖一動，留下深黑色阿拉伯數字：9。

……不是吧！

徐清川抓狂。

面對這麼喪心病狂的問題，居然連一點思考時間都不用嗎？

旁白聲沒停，越發刺耳。

『事已至此，你們終於意識到一個事實：你們完了。』

『筆仙知曉世上已有的一切。你們招惹這個心懷怨氣的亡靈，此刻祂蠢蠢欲動，來到你們身邊——』

它說得激情澎湃，把氣氛調動到頂點，然而最後一句話還沒出口，就被人毫不猶豫地打斷。

白霜行：「筆仙，請問哥德巴赫猜想如何證明？」

有那麼一瞬間，整個世界安靜了。

文楚楚茫然呆住：「哥德巴赫……是什麼？」

「一個至今沒能被證明的數學難題。」徐清川先是一怔，旋即目光清亮：「到目前為止，沒人知道答案。」

對啊。

說不定……這就是對付筆仙的方法！

祂知曉「已有」的一切，但這種無人能破解的，目前根本就沒有答案的世界級難題呢？

回答提問者的問題，是筆仙必須遵循的儀式規則。

一旦答不上來、寫不出答案，破壞規則的筆仙……會受到什麼樣的懲罰？

如他所料，中性筆在紙上停頓片刻，半晌，居然破天荒地顯出幾分茫然。

這是個沒有答案的難題，然而礙於規則，祂必須作答。

筆仙無比艱難地書寫，與此同時，旁白也遲疑地響起。

『你們招惹了心懷怨氣的亡靈，此刻祂蠢蠢欲動，來到你們身邊——』

『呃，證明一道世界級數學難題。』

在暗處監察的系統〇五六：『……』

這什麼劇情展開啊！

「祂居然真的在寫了。」

眼看中性筆悠悠晃動一下，徐清川心中緊張，打量起桌上的紙筆。

筆仙沒有明確的思考方向，寫得東一榔頭西一棒槌，字跡越發潦草，帶出幾個墨團。

祂寫了很久很久，久到漸漸遺忘了本來打算殺掉他們。

「直到今天，我終於明白一個道理。」感受到身後鬼魂越來越濃的焦慮煩躁，文楚楚有感而發：「數學題，比鬼更可怕。」

徐清川：「想到我的數學測試……這算不算同病相連？」

〇五六只想縫上他們的嘴。

拜託，現在是請筆仙的關鍵時刻，恐怖片裡最驚險刺激的環節，這樣聊天像話嗎？

白霜行看向瘋狂揮動的中性筆，微微挑眉：「做不出來嗎？」

這人最不按套路出牌，當她開口，不只〇五六，連筆仙都是渾身一凜，唯恐她又要搞什麼么蛾子。

白霜行打了個哈欠：「什麼全知全能，看來也不過如此嘛。」

噫。

徐清川悄悄看了文楚楚身後的長髮女鬼一眼。

面目扭曲，看起來很想殺人。

可惜題目沒做完，祂還不能停下書寫。

祂不明白。

祂明明知曉一切，甚至擁有一定程度的預言能力，在這世上，怎麼可能有問題難得住祂？

怎麼可能！

圓桌旁，白霜行話鋒一轉：「不過仔細想想，妳寫不出這道題目的答案，其實在意料之中。」

女鬼憤然抬頭，聽她繼續道：「全知全能，這是無數人夢寐以求的能力。可妳得到以後，都用它做了什麼？」

筆仙一愣。

「妳一直在回答那些雞毛蒜皮的問題。」白霜行看著祂：「我的考試能不能通過？那個人喜不喜歡我？明天的彩券中獎號碼是多少？妳覺得……這些問題值得嗎？」

原本大肆揮舞的筆，動作慢了下來。

「它們只會埋沒妳的實力，不是嗎？」

女鬼面目猙獰，白霜行卻直視祂的雙眼，語氣真誠而坦然。

「看看這個猜想，世界上有無數人想要解開它，但窮極一生也做不到。而妳呢？妳有全知的先天優勢，說不定再努力一點點，就能知道答案。」

唬爛。

這絕對是在話唬爛！

〇五六暗道不好，眼睜睜看著白霜行笑意漸深，鳳眼勾出一道小小弧度。

「考試成績、戀愛結果、彩券號碼，這些都是過幾天就能知道的問題，根本體現不了妳的實力。」她語氣輕柔，如同蜜糖，說到這裡，露出淺笑：「但這道題目不同。」

她說：「或許……它是只有妳才能做到的事。」

沉默。

還是沉默。

短暫的寂靜後，旁白再度響起。

『看著手中的筆，祂大澈大悟。』

『對啊，明明擁有得天獨厚的優勢，為什麼要白白浪費？祂曾經覺得世上的一切索然無味，都能被一眼看出答案，只有殺人，才能讓祂獲得一絲愉悅感——』

『直到今天。』

『如同命中註定，祂遇見這道無解的難題。』

『原來世上還有祂不知道的事情。時隔多年，祂終於擁有重新思考的機會。』

劇情過於跌宕起伏，徐清川與文楚楚雙雙呆住，聽見腦海中傳來一聲輕響。

『叮咚！恭喜挑戰者完成四分之一主線任務！』

『《惡鬼將映》第一幕拍攝完成，請為這個單元故事選擇適合的標題。』

『以下是為您提供的優質選項——』

作為本場挑戰的監察系統，莫名的，〇五六生出一種很不好的預感。

這次的白夜以電影為載體，每結束一個單元故事，都會讓表現最突出的挑戰者自行選擇這一幕的小標題。

在它的預設裡，第一幕的標題本應是「筆仙驚魂」、「絕命之夜」這種風格。

但此時此刻，當一行行文字浮現在白霜行眼前，它罕見地沉默了。

『選項一：這個筆仙不太冷。』

〇五六：『……』

這什麼奇奇怪怪的選項啊！

『選項二：勸學。』

——這又是什麼啊！

『選項三：哥德巴赫的救贖。』

——出現在恐怖片裡，它合理嗎！

「筆上的力道越來越弱了。」徐清川還沒從震撼的心情裡走出來：「筆仙答不出問題，違反儀式的規則，是不是遭到反噬了？」

「嗯。鬼怪違背規則，也會受到白夜的懲罰吧。」文楚楚拍拍心口：「好險……不過話說回來，如果筆仙證明出這個猜想，那該怎麼辦？」

「還有很多題目啊。」白霜行：「比如那個特別有名的問題，『全能的上帝能不能造出一塊他搬不動的石頭』。」

如果造了出來，上帝無法搬動那塊石頭，就不能被稱作「全能」。

如果造不出來，上帝連一塊石頭都無法創造，同樣不算「全能」。

這是個永遠沒有正確答案的邏輯悖論。

文楚楚說得對，數學和邏輯題，有時候比惡鬼更可怕。

白霜行說完頓了頓，目光流連，選中眼前浮起的一行文字。

〇五六隨著她的視線看去，只覺神經一陣抽痛。

造孽啊。

它苦心孤詣拍攝的恐怖電影，第一幕小標題是：當數學來敲門。

它想哭。

再看筆仙，已然忘卻世俗的紛紛擾擾，把晦澀難懂的數學公式寫滿一張又一張紙。

響亮的旁白充斥整個房間。

『原來生前一事無成的祂，也能發光發亮；原來在這世上，還有等著祂去完成的事——』

『哥德巴赫猜想，以及更多的未解之謎！』

〇五六：『……』

醒醒，妳跑去勵志片片場了啊筆仙！

在白夜裡，鬼怪無法隨心所欲地殺人，必須遵守一定的規則。

筆仙久久回答不出問題，導致請鬼儀式失敗，很快遭到規則反噬，被強制離開。

但祂對此並不在意，甚至表現出幾分雀躍歡欣——畢竟研究數學題，需要安靜清閒的環境。

中性筆直直倒下，〇五六陷入半自閉狀態。

文楚楚還沉浸在剛才的震撼裡：「我們……完成第一場試煉了？」

「準確來說，」徐清川表情複雜，「是完成了『當數學來敲門』。」

「當數學來敲門。」文楚楚噗嗤笑出聲：「這標題的畫風不太對吧？」

她說著看向白霜行，臉頰泛起淺淡緋紅，有些不好意思：「筆仙現身的時候，謝謝妳。」

當時的她被恐怖吞沒，大腦一片空白，差點要哭出來。

如果不是白霜行察覺到她驚懼的神色，毫不猶豫握住她的手，文楚楚想，她一定早就崩潰了。

徐清川體驗一把劫後餘生，這時既忐忑又慶幸，聞言立即接話：「好險，這次多虧有妳——這個試煉也太坑了！」

白霜行搖頭：「我對靈異神怪的傳說很感興趣，平時自己會研究一些。這次碰巧罷了，你們不用太在意。」

文楚楚拍拍心口，忍不住多看她幾眼。

長相漂亮，氣質安靜，纖瘦的脊背無時無刻挺直得像竹子一樣，因為皮膚白皙，很容易讓人想起矜雅的天鵝。

無論怎麼看，都和神神鬼鬼的事沾不上邊。

或許這就是人不可貌相？

「剛才的系統提示，你們都看到了吧。」白霜行喝下一口水：「它說，我們完成了四分之一的主線任務。」

徐清川反應過來：「但百里大師只給了我們三重試煉。」

這樣想想，多出的那個任務會是什麼？

「我想到一種可能。」文楚楚說：「你們都看過由幾個小故事組成的單元電影吧？在電影最後，小故事之間往往能產生交集，串連出一條主線。」

「嗯。」白霜行沉吟：「百里大師作為試煉的安排者，本身就很奇怪。藏在房間不見人，聲音像是年輕女孩……在她身上，應該也有故事。」

對方敵友不明，他們必須做好防備。

現在時間不早，一行人被筆仙折騰得夠累，討論一陣子後，各自回到客房休息。

在他們進入白夜之前，這三個角色被百里大師選中，收到前往百家街四四四號的邀請函。

三名年輕人分別來自不同的城市，不方便攜帶太多行李，為確保快捷省事，特地把家居用品從家鄉寄了過來。

房東分好房間後，把每人的行李放在各自門口。白霜行回房時，見到一個深黑色行李箱。

客房不大，一室一廳，剛進門，潮濕陰冷的風撲面而來。

客廳裡有乾淨的桌椅沙發，臥室整潔安靜，氣溫很低，牆上掛著一面巨大的穿衣鏡。

要論進度，這場電影只完成了四分之一，不但劇情還沒展開，主角們的人物設定同樣模糊不清。

行李箱屬於私人物品，或許裝有和劇情相關的東西。白霜行閒著也是閒著，在房中閒逛一圈後，蹲下身打開行李箱。

她分到的角色似乎很喜歡看書，行李箱中整整齊齊放了七八本書籍，其餘則是衣褲和雜物。

白霜行沒放鬆警惕，逐一打量書名。

《遠在他鄉》《我的烏托邦》《世界睡著了》《致孤獨的你》《帶你看宇宙》。還有《世界通靈簡史》和《易經》。

大部分是小眾而浪漫的文學作品，她沒發現什麼特殊的地方，視線往下。

書籍最下方，壓著一個色彩鮮豔的紅包。

紅包是常見的款式，紅底金紋，做工精緻，不知道裝著什麼，鼓鼓囊囊的。

她順手將它拆開，不由得挑眉——裡面的確是錢，可惜摸起來手感極差，是顯而易見的假鈔。

這種東西與劇情無關，白霜行不感興趣，將紅包放下，輕挪視線。

款式簡單的棉麻衣物，通體純白的陶瓷水杯，還有——目光定在某一處角落，她動作停住。

在行李箱的右上角，整齊折疊的上衣旁，安靜躺著一冊筆記本。

屋裡好像更冷了些，她伸手，將漆黑的本子拿起來。

很厚，乾乾淨淨沒有灰塵。

白霜行低頭翻開第一頁，紙張摩擦出沙沙聲響，在死寂的房屋中清晰可辨。

『九月十五日。』

『今天是和女朋友同居的三十天紀念日。她漂亮、溫柔又有主見，每次想到她，我都覺得自己是世界上最幸運的男人。和她在一起的每一天都特別開心，為了紀念這段時光，有空就做做每日總結吧。』

很顯然，這是一個男人的日記。

白霜行盯著白紙上的筆跡，微微皺眉。

日記裡的「女朋友」，難道就是她扮演的這個角色？那日記主人呢？「女朋友」搬來這座陌生的城市後，他去了哪裡？

這本日記出現得古怪又突兀，她輕輕敲了敲紙張，翻開下一頁。

『九月十六日。』

『好開心！今天她在廚房裡做魚香肉絲和紅燒肉，就算只是遠遠聞著，我也迫不及待想要大快朵頤。明天她爸媽要來，第一次見家長，好緊張。』

『九月十七日。』

『她的爸媽非常和藹，沒有喋喋不休問這問那，談論有關「名字」、「工作」、「年齡」的話題。呼，真是鬆了口氣。要是讓他們知道我還沒有工作……算了，不想這個。她今天太累，由我負責洗碗。一定要在叔叔、阿姨面前好好表現！』

『九月十八日。』

『好可怕，她有個同事出了車禍，聽說當場死亡。那同事追求她很久，一直不肯死心，我好幾次聽她在公司裡向朋友訴苦，抱怨對方如何糾纏她……唉，心情複雜，希望逝者安息吧。』

『九月二十日。』

『我覺得她不太對勁。從前天起，她總覺得有人在跟蹤自己，但我沒發現任何異樣。她變得歇斯底里，不上班，在家裡翻箱倒櫃，說著奇奇怪怪的話，什麼「別纏著我」、

「你藏在哪」。可是……家裡除了我和她，哪有別人？』

『九月二十三日。』

『她又砸東西了，在家裡做古怪的驅魔儀式，然後跑去房間裡哭。我實在沒辦法，只能收拾好碎掉的瓷碗。想想她同事去世的時間，以及她這幾天的行為，明明是白天，我卻不由自主起了一身冷汗。停。停。停停停！別再自己嚇唬自己！她只是在胡思亂想而已！』

『九月二十四日。』

『她堅持說房子裡鬧鬼，請來幾個道士驅邪。說老實話，我還是察覺不到一絲一毫的不對勁，她說的「傢俱莫名其妙移動位置」、「半夜聽見腳步聲響」、「感受到窺探的視線」，諸如此類，我完全沒發現。不過看著她越來越差的臉色，我心裡的難受與日俱增。如果真的有鬼，那就來找我吧。我想保護她。』

『十月一日。』

『她收到邀請信，打算去應徵某個天師的關門弟子。老天，她真是瘋了，什麼「天師」，江湖騙子還差不多，哪裡值得她辭了工作，搬家到另一個城市？我覺得應該帶她去看心理醫生。如果她一意孤行的話……算了，誰讓我是她男朋友，那就陪她一起搬吧。』

『十月二日。』

『她又在夢裡哭了。我輕輕抱住她，小聲告訴她別怕，我會一直陪著她。我一定會陪著她。』

日記到此戛然而止。

乍一看，日記裡滿是男人對女朋友的關懷與憂慮，挑不出毛病。

但不知怎麼，白霜行總覺得不大對勁。

……是因為那個出車禍而死的同事嗎？

他去世之後，女生總覺得有人跟著自己。

從日記裡的描述來看，傢俱移動、夜半腳步聲響、感到被人窺視，這些的確是被惡鬼纏身的症狀。

但是——

白霜行暗暗蹙眉，從頭再看一遍日記。

和女兒的男朋友第一次見面，女方家長就算不問工作，怎麼可能連名字都不關心？

繼續往下閱讀，寫日記的男人聲稱自己沒有工作，為什麼……他會好幾次出現在女生的公司裡，聽見她與同事之間的談話？

還有個最大的疑點。

這對情侶看起來關係不錯，男人既然下定決心陪在女朋友身邊，為什麼女生來到這座城市後，他卻像憑空消失了一樣？

等等。

……關係不錯？

一個念頭在腦海中猛然浮起，生出深入骨髓的冰涼森寒。

白霜行隱隱明白了。

難怪她在閱讀日記的過程中，總有一種說不出的異樣感，現在想想，原因很簡單。

寫下日記的人……從未與他口中的「女朋友」，有過實質性的正面接觸。

女朋友做飯時，他「遠遠聞著」，想像飯菜的美味。

女朋友的家長來做客時，他沒和他們進行任何溝通，連名字都沒說。

就連他唯一一次開口說話，也是在女朋友睡著以後。

就像女生不知道有他的存在一樣。

從頭到尾，這對所謂的「男女朋友」沒有絲毫交流，究竟是日記省略了交流，還是……

他們根本不可能交流？

根據日記推算，女生覺得有人跟蹤自己，是九月十八日。

那天不僅是她同事出事的日子，也是日記主人洗碗後的第二天。

試想一下，自己好端端在家中獨居，某天醒來，忽然發現髒兮兮的碗筷不知被誰清理得乾淨淨。

所以她才會那樣篤定，那樣迫切地想要逃離，因為從來沒有什麼「男朋友」，房子裡除了她，沒有任何人。

所以日記主人才會覺得一切如常、毫無異樣，因為他就是那個一直躲在角落，默默偷窺的罪魁禍首。

所以……他雖然沒有工作，卻能時時刻刻陪在女生身邊，去她的公司裡。

因為沒人看得見他。

而他寫下的那句，「我會一直陪著她」——

耳邊嗡一響，白霜行迅速低頭，看向行李箱裡那幾本書。

《我的烏托邦》《遠在他鄉》《帶你看宇宙》《世界睡著了》《致孤獨的你》。

冷意攀上脊椎，燈泡無聲閃爍，突如其來的黑暗與心跳融為一體。

在令人心悸的寂靜裡，她看清書上的字跡，思緒轟然炸開。

第一本書第一個字，第二本書第二個字，依次類推排列組合，那是——『我在看著你』。

在不為人知的陰影中，他自始至終跟在她身邊，靜靜地、貪婪地看著她。

就在這個房間裡。

空氣壓抑到令人窒息，白霜行咬牙垂眼，視線所及之處，是衣物堆裡的那個紅包。

心跳越來越快，想起曾經看過的民俗文獻，她渾身發寒。

活人的紅包象徵著喜慶與祝福，而死人送來的紅包，一旦接下，就會被死死纏上，難以掙脫。

當她拿起紅包，便沾染了如影隨形的詛咒。

夜色沉鬱，猝不及防地，系統聲出現。

它毫不掩飾語氣裡的惡意，尾音愉悅上揚。

『叮咚！』

『恭喜挑戰者觸發主線任務二：觸不到的戀人。』

『生死有命，陰陽兩隔。在死人的規矩裡，收下紅包意味著同意進行陰親，生生世世永不分離。』

『可活人和死人怎麼在一起？』

『噓。』

『現在……他來了。』

第三章　冥婚

房間裡燈光熄滅，黑暗如怒濤湧來。

耳邊沉寂無風，越來越濃的危機感看不見摸不著，好似一把尖刀懸在頭頂，將隨時落下。

白霜行凝神，屏息。

自從她打開日記，房間裡的冷意愈發明顯。直到現在，她終於意識到一件事。

周身寒氣滾滾，而這股冰冷氣息的源頭，就在她身邊。

……該死。

她穿著一件淺咖啡色毛衣，脖頸暴露在空氣裡，彷彿被什麼東西緩慢撫過。

那種觸感十分微妙，好似一團無形而曖昧的氣流，又或是一隻粗糙的手。

那個男人，正藏在她身邊。

他暗中窺視這麼多天，如今把日記本放進行李箱，刻意讓她看見，擺明是想和她攤牌，不再隱瞞自己的存在。

而這個紅包，則是引她結下陰親的誘餌。

『死後的世界空空蕩蕩，他死得太久，也太寂寞。直到某天，他遇見令他一見鍾情的女孩。』

旁白音適時響起。

『妳並不認識他，他卻對妳瞭若指掌。妳的每個習慣、每個表情、每個不為人知的祕密，他一清二楚。』

『漸漸地，他想索取更多。』

『於是他殺了那個苦苦追求妳的同事，在每個深夜對妳低語呢喃，他要讓妳真正屬於他、陪著他。』

『都說人鬼殊途，可是……他真的太寂寞了。』

話音未落——

白霜行猛然起身，向著門口狂奔而去！

恐怖片定律之二：角色的反應永遠慢一拍。

就算察覺身邊有鬼，他們也絕不會及時逃命，而是秉持著作死原則緩緩轉動脖子，回頭一探究竟。

然後撞上一張面目全非的鬼臉。

正常人遇到這種情況會怎麼辦？

當然是跑啊！

白霜行早就做好心理準備，目測出一條安全路徑後，拿起紅包立馬起身。

她動作飛快，身後的黑影同樣迅速，掠過半空時，帶出令人作嘔的腥臭味。

萬幸，祂的速度不算太快。

殺機如影隨形，白霜行一秒也不敢耽擱，直接打開房門。

走廊幽長，她來不及思考，用力把門關上，跑向百里大師所在的方向。

畢竟整棟房子裡，能捉鬼驅邪的只有這一位。

對方住在樓下，距離並不遠。

白霜行抵達目的地，立刻用力敲門：「百里大師在嗎？房子裡有鬼！」

敲門聲急促沉悶，迴盪於走道之間，她連續敲擊好幾下，心一點點涼下來。

屋子裡沒人回應。

白夜掐斷她向百里求助的可能性，擺明是打算將她置於死地。

她只是個新手，沒有技能，沒有經驗，也沒任何有用的道具，面對這種必死局面，根本無路可逃。

身後的壓迫感越來越重，旁白惋惜出聲。

『沒救了。』

『妳聽見心跳聲，砰、砰、砰。鼻尖是令人窒息的血腥味，有什麼東西攀上妳的後背，向妳伸出雙手。』

『今夜，這一刻，將成為妳最後的——』

說到這裡，旁白突然頓住。

即便是身為監察系統的〇五六，也發出一聲驚疑的低呼：『咦？』

本該展開殺戮的厲鬼……為什麼一動也不動？

旁白停下的瞬間，白霜行如釋重負，看向樓梯。

她賭贏了。

白夜殺機重重，而且百里大師說過，自己身體抱恙，只想休息。

對方很可能會無視她的求助，早在逃出客房的時候，白霜行便做好最壞的打算。

這樣一來，就需要準備第二個計畫。

排除百里，房子裡能夠制約鬼怪的，只剩下徐清川的技能「束縛」。

技能冷卻時間太長，最好保留到下一次試煉，於是她決定先向大師求救，如果行不通，再把徐清川當作後手。

〇五六冷聲：『……手機。』

一切發生得太快，它和那隻厲鬼都沒有注意到，白霜行緊緊攥著手機。

手機微微發亮，正處於通話狀態。

徐清川住在她隔壁，白霜行逃出房間時，曾用力關上房門。關門的重響和她奔跑時的腳步聲，對方一定能聽到。

而她在下樓途中拿出手機，撥通徐清川的號碼，那句伴隨著敲門聲的「百里大師」和「有鬼」，則透露了她的位置與處境。

眾所周知，吞噬越多的人類，鬼怪的實力就會越強。

如果她今夜死在這裡，讓那隻厲鬼變得更加凶殘，對於徐清川來說不會是個好消息。

徐清川有很大的機率會救她。

就算他不來，厲鬼速度不快，白霜行還能繞上樓，直接去敲他的房門。

她不會只替自己留下一條生路。

技能「束縛」一發動，死死跟在她身後的鬼魂行動一滯，停在原地。

心跳漸漸緩和，白霜行向徐清川點頭示意：「多謝。」

轉過身，背後的厲鬼映入眼中。

那是個二十多歲的男人，長相平平無奇，一雙死魚眼裡布滿血絲，透出的惡意幾乎要凝出實體。

脖子上有圈繩子的勒痕，是個吊死鬼。

「鬼怪出現的頻率，是不是太高了。」

文楚楚也聽見摔門的巨響，與徐清川一起下樓，此刻忿忿咬牙：「我們剛解決筆仙，怎麼又冒出這個傢伙？」

『畢竟，各位在拍電影。』〇五六語氣悠哉：『置身於電影，當然要按照電影的節奏和套路來拍。恐怖片講究快節奏，如果怪物遲遲不出現，觀眾會覺得無聊。』

它總能找到藉口。

徐清川心中不快，望向不遠處形貌恐怖的鬼魂，以及祂身旁的白霜行。

她與吊死鬼距離極近，肯定受到很大的視覺衝擊。

徐清川覺得，作為在場唯一的老手，他有義務好好安慰她。

……雖然說老實話，看著那張慘白猙獰的臉，他自己也雙腿發軟，只想趕快離開這個鬼地方。

徐清川調整呼吸，儘量不表現出心裡的緊張：「那個，妳沒事吧？」

「嗯。別擔心，應該還有機會。」白霜行神色如常，抬頭看他一眼：「你的技能只能維持兩分鐘，對吧。」

徐清川：？

怎麼感覺，變成她在安慰他了？

他還在愣神，又聽白霜行道：「這隻厲鬼很快就能恢復行動能力，我們必須馬上離開。」

「百里大師呢？」文楚楚說：「她不在家？」

「沒人開門。」白霜行搖頭：「白夜不會讓她幫我們。」

她想到什麼，轉身飛快下樓：「在白夜裡，佛寺和教堂能鎮住鬼怪嗎？」

「不行。」徐清川跟在她身後，老實回答：「上一次進入白夜，我們也想過這個辦法，但不管躲進教堂、背誦佛經，還是用桃木劍、黑狗血，無一例外全都失敗了。」

他撓了撓頭：「怎麼說呢，感覺這裡全是邪祟鬼怪，神明根本不存在。」

心裡默默估算著時間，徐清川用力揉了揉眉心。

距離厲鬼掙脫束縛，只剩下二十幾秒。

他心煩意亂，在腦海中搜尋一切可行的辦法：「對了，我通關過一次白夜，能用積分在系統裡兌換道具。如果兌換鎮鬼的初級符籙，應該可以拖住祂幾分鐘。」

但也僅僅是幾分鐘而已。

那之後呢？之後要怎麼辦？

冷汗涔涔，從額頭和掌心不斷湧出，在越來越重的心跳聲裡，有人走到樓梯盡頭，打開一樓緊鎖的大門。

寒夜寂靜，月色如水，他望見白霜行微微側過腦袋。

她站在光影明滅的交界處，半張臉被月光籠罩，瞳仁漆黑，倒映出模糊的光。

長髮順著肩頭徐徐滑落，她忽然開口：「能兌換生火的東西嗎？比如打火機。」

這是最便宜的道具了。

徐清川點頭，不明緣由地，看見白霜行揚唇笑了起來。

「還記得第二項試煉的內容嗎？一直往北，能抵達墓地。」她說：「去墓地。」

有厲鬼跟在身後窮追不捨，三人不敢停留，直接前往墓地。

一路上，白霜行用簡短的語句講述完來龍去脈，拿出結下陰親的媒介。

「這是冥婚紅包。」她膚色白皙，手指纖長，把紅包拿在手裡，襯得它豔紅如血，愈發古怪：「如果有活人撿到，就代表願意跨越生死陰陽，與死者結親。」

「冥婚？」文楚楚打了個哆嗦：「這也太……」

徐清川：「我們來墓地幹什麼？」

他想不通，之所以跟著白霜行來這，純粹是找不到別的辦法，不得已才破罐子破摔。

現在他們已經來到墓園，午夜已過，月明星稀。

四面八方死寂沉沉，一抬眼，就能看見一塊塊冰冷石碑，以及起伏的墳頭。

文楚楚皺眉：「這裡……不會藏著一堆那什麼吧。」

她聽過有關這方面的禁忌，絕不會在深夜墓地裡提及「鬼神」二字，此刻全身的戒備達到頂峰，暗暗握緊拳頭。

但又一想，鬼神不怕警校的格鬥術。

「沒關係。」白霜行卻笑了：「就是要有一堆那什麼。」

她語氣平靜，動作卻極為急迫，很快打開紅包，拿出裡面裝著的紙鈔。

文楚楚有些驚訝：「真錢？」

她還以為會是冥紙呢。

白霜行溫聲解釋：「假的。」

她頓了頓，看向徐清川：「能麻煩你兌換一個打火機嗎？」

……墓地，紅包，生火。

混沌的思緒緩緩沉澱，徐清川覺得，他好像有點明白她的用意了。

所以他答得毫不猶豫：「沒問題。」

墓地，夜已深。

徐清川的技能治標不治本，兩分鐘轉眼就過，吊死鬼尋著生人的氣息，一直跟在他們身後。

祂在生氣。

她為什麼不願意和祂在一起？為什麼要糟蹋祂的愛意？還有那兩個突然出現的人類，

為什麼要破壞祂的計畫？

他們又為什麼……以為自己逃得掉呢？

祂追得緊，沒過多久也來到墓地，遠遠地，望見一簇火光與三道人影。找到了。

怨毒如同鋪天蓋地的浪潮，在黑暗中生長蔓延。

死去多時的男人眼中流出血淚，嘴角以不自然的弧度上揚，一步一步向著他們走去。

旁白響起：『這是窮途末路。』

『絕望將你們死死罩住，所有人都知道，你們不可能活下去。』

『遊蕩的厲鬼太過孤獨，今晚之後，說不定……祂能擁有三個新朋友。』

「我好寂寞。」祂步步靠近，緊緊盯著那道魂牽夢縈的人影：「陪著我……」

厲鬼發出尖嘯：「成為我的妻子，來陪我！」

話音方落，漆黑的身影猛然前衝，直直撲向白霜行！

——瘋子！

徐清川被嚇得脊背發麻，再眨眼，忽見不遠處一座墳塋前，悄然升起一縷冷煙。

這是……白霜行的辦法奏效了？

煙氣繚繞，悠然騰起，漸漸凝聚出一個長髮女人的身形。

準確來說，是女鬼。

女鬼的出現毫無預兆，只能看出心情極差、雙目如血，一個閃身——出乎意料地，竟擋在吊死鬼身前。

不只旁白愣住，連吊死鬼也露出幾分茫然，聽女鬼啞聲開口：「那些錢……是你的？」

不遠處，白霜行長舒一口氣。

在白夜裡，鬼怪同樣需要遵守規則。吊死鬼之所以能肆無忌憚纏著她，是因為她撿過冥婚紅包。

「撿起」的動作，意味她選擇接受。

看起來已成定局，不過，資產是可以轉讓的嘛。

白霜行原本的想法，是把這些錢直接捐給寺廟道觀或者教堂，讓那位寂寞的厲鬼去和神明硬碰硬。

可惜白夜裡沒有神，鬼倒是挺多。

也幸好，鬼挺多。

試問，傳統習俗裡，在墓前燒紙錢是為了什麼？

答案是，讓墓裡的人得到那筆錢。

紙錢燒了就燒了，不可能再被復原，也就是說，墓裡的人只能接受燒來的東西，無法退回。

一旦把結親的紅包燒給祂們，這門親事，就再也退不了了。

「回答啊。」突然出現的女性亡魂幽幽開口：「不知好歹的東西，居然把那種東西燒給我……誰要和你結婚？」

暗中監察的〇五六：『……』

〇五六心覺不妙，看向女人出現的那座墳墓。

她已死去一百多年，面對這種祖宗，吊死鬼只是個弟弟。

在挑選燒錢的對象時，白霜行特地選過生卒年月。

這是什麼人啊！

原本完美無缺的劇情，非常不幸地，出現一絲裂縫。

吊死鬼怔愣片刻，終於意識到發生什麼，臉上青筋暴起：「妳這混——」

話沒說完，左邊的另一座墳墓前，居然又出現一縷紅煙。

這下子祂澈底傻眼了。

煙霧升騰，緩緩勾勒出一個三十多歲短髮女性的模樣。

朝地上看去，墓碑前，赫然是紙張燃燒過的痕跡。

祂想起來了。

在紅包裡，有很多很多張紙鈔——

這惡毒的女人，把它們燒在不同的墓前！

「和我結陰親。」新出現的女鬼神色不悅，毫不掩飾眼中的厭惡嫌棄：「我同意了嗎？」

長髮女鬼冷冷嗤笑：「哈，不只我一個？」

……什麼情況啊！

前有狼後有虎，劇情崩壞得稀碎，吊死鬼幾近崩潰，眼睜睜看著墳墓裡又冒出兩個中年女人、一個七十多歲的老大爺，和一個滿臉不耐煩的老太太。

沒有人喜歡被強制婚配，更沒有人願意見到，對方居然同時向好幾個人求了婚。

「不是我……」吊死鬼渾身哆嗦，怒目圓睜，瞪向白霜行：「是她、都是她！」

「這可就冤枉我了。」白霜行挑眉，語氣不急不躁：「結陰親的媒介，只有你自己能做出來。而且——」

她笑了笑：「當務之急，是終止這幾門親事吧？據我所知，想讓陰親結束，要麼退還紅包，要麼……」

要麼，讓那個與自己結親的鬼魂魂飛魄散。

「我悟了。」文楚楚大為驚嘆：「用魔法打敗魔法，用惡鬼對付惡鬼，什麼時候都不能忘了內部消化。」

「剛剛鬼魂一個個冒出來，讓我想起一句詩。」徐清川放棄思考：「野火燒不盡，春風吹又生，簡直是雨後春筍啊。」

〇五六：『……』

白霜行也就算了，你們兩個能嚴肅點嗎？這是閒聊的場合嗎？

目前已經出現六隻鬼魂，怨氣深重，如同群狼環伺。

吊死鬼步步後退，目光不經意一瞟，望見角落裡的另一團餘灰，以及墓碑上的刻字。

停頓一秒，男人絕望轉頭，看向白霜行所在的方向。

眼眶泛紅，瞳孔裡，透出三個大字——妳好狠！

下一刻，墓地裡響起怒不可遏、粗獷沙啞的男低音：「誰他娘的，給老子，燒陰親錢？」

但見巨影如山，一道男人的身影出現，魁梧無匹，威懾全場。

粗略預估，身高超過兩公尺。

晚風拂過，吹得吊死鬼身形伶仃，隨風飄搖。

望著祂五大三粗、滿身鼓脹肌肉的最後一位新娘（或新郎），一滴淚，從眼角無聲滑落。

再看幾位被迫結親的厲鬼，無一不是殺氣凌人，只想把自己的冥婚對象狠狠撕碎。

唯有那位七十多歲的老爺爺臉頰微紅，凝視著自己墓前的求親紅包，痛心疾首：「世風日下……小夥子，你這是畸形的愛啊！」

吊死鬼：「……」

痛快點，讓祂死吧。

七位怨靈齊齊展露殺意，系統音同時響起。

『叮咚！恭喜完成四分之二主線任務。』

『請貢獻度最高的挑戰者，「白霜行」選擇第二幕小標題。』

『以下是為您推薦的片名。』

『「我不是種馬」、「我的恐怖妻子們」、「冥婚這件小事」……』

〇五六一言不發。

如果它擁有擬人的外形，一定面色鐵青。

這又是什麼東西？不爭氣的筆仙已經跑去勵志片片場，結果這一幕，直接開始愛情大電影了是嗎？

它想拍的明明是恐怖片啊！

『妳——』

它氣得心肌梗塞，奈何挑不出一點毛病。

無論步驟流程還是解決方式，白霜行的行為都在規則允許之內。

「不是孤獨想找人陪嗎？」白霜行無辜聳肩，選擇自己心儀的小標題：「有這麼多鬼魂陪在身邊，祂就不會寂寞了。」

祂孤單，祂寂寞，祂聲稱自己很可憐。

所以白霜行一口氣幫吊死鬼結下七段陰親，讓祂擁有七位如影隨形的愛人。

很有邏輯，很合理。

〇五六：『……』

合理才怪吧！

它的腦子嗡嗡作響，憤然抬起視線，恰好看見白霜行選好的標題。

墓地中怨氣翻湧，惡靈們一擁而起，吊死鬼的哭聲與求饒聲悲慘萬分。

與此同時，小標題的字跡悠然浮現，祥和溫馨，充滿積極向上的正能量。

——「幸福一家人：不再寂寞的孤獨症患者」。

終於，〇五六明白什麼叫心如死灰。

求求了，要不然還是選「我的恐怖妻子們」吧，它覺得那名字挺好的。

〇五六又又又一次陷入沉默。

很不合時宜地，徐清川居然對它生出幾分同情。

在他上次經歷的白夜裡，也有負責監察的系統。直到現在，他仍然記得那個系統帶來的感受：陰冷、恐怖，壓迫感十足。

有它作為對比，再看看現在這個……

精心準備的驚悚故事剛拉開序幕，就被人硬生生扭轉劇情，整部電影向著誰都想不到的方向一路狂奔，離譜之餘，又有些好笑。

白夜裡的怨靈凶殘萬分，屬於人類的理性漸漸褪去，只留下殺戮的本能。

用通俗易懂的話來講，就是智商不太高。

究竟是誰燒的紙錢，對於眼前的鬼魂們來說，已經不再重要。

既然與祂們結下陰親的是吊死鬼，想要結束這門婚事，最方便快捷的辦法，便是滅了「新郎」。

總而言之……這場危機，以一種匪夷所思的方式結束了。

徐清川心情複雜，看了白霜行一眼。

她的體力不是很好，跑來墓地後，雙頰湧起明顯的緋紅，這時安靜站在原地，默默調整呼吸。

就算是在精疲力盡的時候，她的脊背仍舊筆直，像把鋒利的薄刀。

……不對。

徐清川想，看她瘦弱文靜的長相，更像一枝纖細的新竹。

藏著刺的那種。

另一邊，文楚楚心裡的震撼不比他少——這是什麼樣的思考模式，什麼樣的操作啊！把系統氣得半當機了！

這場白夜開始時，她還滿心忐忑，唯恐自己被嚇破膽，現在看來……

居然還挺歡樂刺激。

在此之前，文楚楚從沒想過，「白夜」還能和「歡樂」這個詞語聯想在一起。

「我們走吧。」等呼吸趨於平緩，白霜行抬頭：「墓地裡不安全。」

那幾個被陰親召喚的鬼魂殺紅了眼，已將吊死鬼撕成碎片，他們繼續留在這裡，說不定也會遭殃。

又一個主線任務順利完成，三人結伴回到百家街四四四號，約定如果遇上突發狀況，就立刻用手機聯絡。

一夜過去，再也沒有稀奇古怪的事情發生。

經歷這次的突襲，白霜行睡得很淺，醒來的時候，是早上七點鐘。

早晨朝陽燦爛，她從床上睡眼惺忪地坐起，揉揉眼睛，看向腦海中的任務畫面。

……白夜。

白夜出現後，有不少人猜測，它之所以形成，是源於逝去之人的腦電波。

——也就是「意識」。

人死之後，如果意念強烈，腦電波有可能留存於世，產生未知的磁場。

這種磁場一旦與活人共鳴，就會將那人拉入磁場之中。

根據從白夜裡活下來的人們回憶，每場挑戰中，都有一位非常特殊的鬼怪，怨念極深，有過極為悲慘的遭遇，且與主線任務息息相關。

如果沒猜錯的話，祂們很可能就是形成磁場的腦電波的主人。

正因祂們的怨念無法消散，最終形成白夜。

如果真是這樣，在她所處的這場白夜中，究竟誰才是一切的根源，祂的怨氣又從何而來呢？

猜測終究只是猜測，以目前掌握的線索，很難推理出有用的結論。

白霜行輕揉眉心，起床洗漱。

她醒來的時間早，打開房門時，走廊裡一片寂靜，其他人尚未醒來。

現在鬧著也是鬧著，既然百里大師和房東對真相守口如瓶，白霜行乾脆走出這棟房子，看看能否從街坊鄰居口中打聽消息。

毫無疑問，百家街是一處非常破敗的村落。

街道狹窄，兩邊是一棟棟低矮老舊的房屋，雖然沐浴著朝陽，給人的感覺卻如同垂垂老矣的瀕死之人，毫無生機可言。

既然百里大師聲名遠揚……為什麼會住在這種地方？

白霜行越想越覺得奇怪，本打算找個鄰居問問情況，忽然聽見身後有人叫她：「姐姐。」

循聲回頭，是個不到十歲，揹著書包的小女孩。

女孩有些害羞，被她直勾勾一望，耳邊泛起不明顯的粉紅。

猶豫一秒，像是終於鼓起勇氣，小孩向她伸出右手。

白霜行皺起眉頭。

孩子的掌心本該潔淨無暇，在她眼前這隻，卻有著大大小小、深淺不一的傷痕。

手掌瘦得過分，骨頭外幾乎是層薄薄的皮，在掌心上，靜靜躺著一張OK繃。

「妳的腳，後面有傷。」

直到女孩怯怯說完，白霜行向下看去，才發現自己的腳踝破了層皮，露出內裡淡紅色的血肉。

應該是昨晚跑得太急，一不小心蹭到什麼地方。

「謝謝。」白霜行接過OK繃：「妳的手——」

她沒說完，女孩迅速收回右手，低頭搖搖腦袋：「之前摔了一跤，沒關係。」

小孩頓了頓，再抬頭時，露出靦腆的笑：「姐姐，我上學要遲到了，哥哥在那邊等我，再見。」

她說完揮揮手，轉身跑向另一邊。

白霜行順勢望去，在街道盡頭見到同樣瘦弱的男孩。

看樣子，是一對正要去上學的兄妹。

兩個小孩的身影漸漸遠去，她手裡拿著OK繃，輕輕摩挲一下。

在處處是殺機的白夜裡，能得到這樣一份善意的小禮物，倒也新奇。

「唉。」思忖間，身後傳來陌生的女音：「江綿這丫頭——」

白霜行回頭：「那孩子叫江綿？」

一個女人站在她身後，看樣子是這條街的住戶：「很懂事吧？可惜她老爸是個人渣，妳剛才看到她的手——」

她撇撇嘴：「妳覺得，那像是摔傷嗎？」

白霜行想起女孩傷痕累累的掌心：「家暴？」

「就是啊。」女人說：「她爸是個賭棍，老媽三年前被打跑了，留下江逾、江綿兩兄妹……真是造孽。」

她說著眯起雙眼，露出好奇的神色：「我剛剛看妳從四四四號出來，妳住那？」

她表現得十分在意，白霜行還以為能打聽到重要消息，然而女人只是輕嘖道：「這數字多不吉利啊，而且妳聽說過嗎？那棟房子前的馬路經常發生車禍，邪得很！」

邪得很。

白霜行心下一動，繼續加深話題：「真的嗎？房東從沒和我說這些。妳認識房東嗎？」

「那男的？」女人聳肩：「陰沉沉的，我和他不熟。」

「百里大師呢？」

「百里大師？」女人一愣：「哦，妳說那個道士……聽說挺神的，不過沒露過面。」

四四四號裡的兩名住客不常出現，女人對他們知之甚少。

白霜行詢問片刻，告別前，禮貌地向對方道了謝。

臨近中午時，徐清川打來電話。

三人現在是一條繩上的螞蚱，匯合之後，一起在巷子裡打聽線索。

街坊鄰居們對百里大師並不瞭解，他們把整條巷子走了個遍，最終只得到幾個基本資訊。

這場白夜的背景是在十年前，百家街位於江安市以南，地理位置非常偏僻。

四四四號一直無人居住，直到不久前，百里大師才和房東一起搬進來。

兩人隔絕了與外界的往來，被不少鄰居視為怪人，最古怪的是，沒人見過百里大師。

由此推測，百里很可能遭遇某種事故，不得不退居此處，而她一直躲著人不露面……

白霜行覺得，原因肯定不簡單。

不知不覺，時間來到夜晚，新的試煉即將開啟。

「追月」的選項最為古怪，為了保險起見，這一次，三人選擇墓地投食。

連續兩個深夜置身於墓地，不知道為什麼，這一次，徐清川和文楚楚居然不覺得有多害怕。

怎麼說呢，自從經歷了昨天那件事，再來墓地……總有種回家的感覺。

第二項試煉很簡單，只需要蹲在墓地入口前，規規矩矩擺上饅頭酒菜，再插香就行。

流程不難，白霜行很快做完，心中回憶起百里大師說過的話。

萬一真的遇上，絕對不能惹怒祂們。

假裝看不見，不要對視，也不要回答祂們的問題。

來墓地之前，他們討論過應對策略。

從字面上來看，無論聽到什麼看到什麼，只要裝聾作啞，就能順利通過。

希望真的能這麼輕鬆。

白霜行沒放鬆戒備，站起身子，瞟了周圍一眼。

墓地建在城市邊緣，背靠一座不知名的高山，入口兩邊栽種茂密蔥蘢的樹木，風一吹，除了嗚咽似的風聲，還有枝葉摩挲的沙沙聲響。

除此之外這裡很安靜。

樹木的倒影沉沉下壓，黑黢黢映在他們腳下，像骯髒的黑色泥潭，又像怨靈伸出的手臂，四處揮舞，彷彿要握住什麼。

在過於寂靜的環境裡，人總會覺得心裡毛毛的。

白霜行也不例外。

她默默穩住心神，打算回頭看看飯菜，轉身的剎那，陡然僵住。

……有張臉。

慘白的、毫無血色的臉浮在半空，沒有盯著飯菜，而是悄無聲息貼在她身後，死死看著她。

這樣的視覺衝擊實在太大，白霜行屏住呼吸，甚至能聽見心臟停跳一拍。

時間如同短暫凝固。

下一秒，她露出微笑：「飯菜都快涼了，這個辦法真的有用嗎？」

徐清川張了張口，嗓子有點啞。

他剛才，被結結實實嚇到了。

那張臉出現得毫無徵兆，模樣扭曲單薄，他晃眼一瞧都被嚇得夠嗆，更別說緊緊貼著祂的白霜行。

她居然沒直接叫出聲。

徐清川心生佩服，一旁的文楚楚很機靈，飛快接話：「對啊，怎麼還沒來？睏死了，這樣等下去，我們什麼時候才能回去睡覺啊？」

慘白如紙的臉將他們掃視一遍，大概接受了這段說辭，緩緩靠近飯菜。

祂一走，白霜行瞬間感覺空氣清爽很多。

在此之前，她曾聽說過這個見鬼的儀式。

墓地是一座城市陰氣最盛的地方，聚集無數徘徊的孤魂野鬼，這些鬼魂無人祭奠，一旦看見有誰供奉飯菜，便會蜂擁而至。

不看，不聽，不回答。

文楚楚最怕鬼魂幽靈，緊張得不敢動彈；徐清川比她好點，然而站在濃郁陰氣裡，難免覺得不自在。

「快結束了。」不遠處的白霜行說：「等祂們把飯菜吃完，我們就離開。沈叔叔一定等著急了。」

徐清川一呆：「沈……」

沈叔叔是誰？

一個字出口，他就知道，完了。

墓地裡鬼魂聚集，窸窸窣窣，他不敢多看，於是把注意力全集中在兩個隊友身上，只和她們進行交流。

可如果……剛才那句話，不是白霜行說的呢？

抓住他精神高度戒備的瞬間，模仿同伴的口吻向他搭話。

「沈叔叔」只是隨口捏造的虛構人物，徐清川當然不可能認識，只要他表現出疑問和懷疑，就證明……

他能看見祂們。

令人猝不及防的陷阱，這才是這項試煉最難的地方。

絕望感如潮水般湧來，徐清川聽見耳邊模糊的嗡響。心臟在這一刻緊緊揪起，他看見白霜行身後，一隻女鬼死死盯著他，似笑非笑。

女鬼靠近一步。

與此同時，白霜行輕聲一笑：「你想問沈嬋為什麼沒來？她家裡管得嚴，晚上十一點以後，爸媽就不讓她出門了。」

——沈嬋？

文楚楚很機靈，雖然從沒聽過這名字，意識到白霜行的用意後，立馬應聲：「對啊！她都放我們多少次鴿子了？不過也怪徐清川，非要把時間定在十二點。」

徐清川也明白過來，忙不迭點頭：「我的錯我的錯，但十二點鐘是規定，不、不能改的。」

結巴了一下。

天知道他的心跳有多劇烈。

「不過，她沒來也不虧。」白霜行看向墓前的碗筷，眼裡略有遺憾：「我們大老遠跑來這裡，不就想試試傳說的真假嗎？可惜，只看見飯菜在減少，一隻鬼都沒見到。」

之前模仿她說話的女鬼目光沉凝，審視地看著三人。

……騙過她了嗎？

「飯快吃完了。」徐清川說：「我們——」

他開口時微微偏頭，想要看向兩個同伴，然而赫然映入眼前的，是一張浮腫的面孔。

死人臉，雙目圓凸、慘白如紙，與他僅有咫尺之隔。

……靠！

一瞬間心跳加劇，大腦轟響。徐清川努力維持理智，把尖叫生生咽下，僵硬扯動嘴角：「我們走吧。」

第二場試煉有驚無險地過去了。

身為最受摧殘的可憐人，直到走出墓地，徐清川仍然雙腿發軟。

感慨劫後餘生的同時，又忍不住暗暗驚嘆：白霜行的反應速度太快了。

猛然見到一張鬼臉，大多數人都會受到驚嚇，從而尖叫或後退，她居然只用短短一秒，就讓自己冷靜下來。

接那個「沈」字時也是一樣。

多虧有她捏造出一個「沈嬋」，截斷了他與鬼魂的對話，倘若沒有她，徐清川必然露出馬腳。

他不是好面子的人，大大方方道：「謝謝。」

「我快緊張死了。」文楚楚用力揉一把臉：「幸虧霜行反應快，臨時編出一個人。」

「其實不算編。」白霜行笑笑：「我有個朋友就叫沈嬋，剛才反射性說了她的名字。」

「不過……」徐清川嘟囔：「這也太陰了！那群鬼魂來無影去無蹤，還能模仿身邊的人說話，一不小心就著了祂們的道，什麼仇什麼怨啊。」

他話音剛落，就聽見熟悉的輕笑。

『沒辦法呀，作為一部成熟的商業電影，我們必須講究快節奏、刺激感，給予觀眾全方位的驚喜。』〇五六說：『如果你們的每個試煉都一帆風順，會被觀眾指責劇情太水，打一星差評的。』

徐清川氣笑了：「看不出來，你還挺追求品質。」

『那當然。』〇五六毫不猶豫：『我們的電影必須做到完美無缺，無論邏輯、劇情還是驚嚇點，都不能有瑕疵——這會是世界上最好的電影！』

腦子有病。

徐清川今晚飽受折磨，憋了一肚子氣，聞言冷笑一聲：「是嗎？我倒是覺得，故事有個最大的邏輯漏洞。」

『什麼漏洞？』

「就是我們啊。」徐清川說：「平心而論，在經歷了這麼多恐怖的事件後，真的有人願意繼續留在這裡當百里大師的弟子嗎？」

——恐怖片定律之三。

不管發生什麼，主人公一定不會離開事發的地點。

就像吸鐵石之間的相互吸引，他們總會逗留在鬧鬼的住宅、詭異的學校，以及殺人魔頻繁出現的森林。

對此，正常人的看法是：快逃啊！不顧一切地逃啊！留在那些鬼地方，難道還想坐地成佛嗎？

「對哦。不管是誰，都會想著逃跑吧。」文楚楚表示贊同：「主角全跑路了，這部電影還怎麼拍？」

〇五六沉默須臾，回以一聲冷笑。

『你，徐清川。』〇五六說：『你這個角色，愛好賭博、負債累累，放高利貸的發了話，一個月內再不還錢，就把你丟進海裡餵魚。而百里大師給出的薪酬是——』

它說出驚人的數字。

短短一句話，代入感太強。

徐清川輕抽嘴角，說不出話。

雖然很想反駁，但是……他居然完全無法說出一個「不」字啊可惡！

文楚楚被這個人物設定樂得合不攏嘴，正掩嘴笑著，聽〇五六又道：『還有妳，文楚楚。看見行李箱裡的房貸記錄了嗎？知道妳這個角色的信用卡裡還有多少餘額嗎？還不完債務吃不起飯，去喝西北風嗎？』

文楚楚：「……」

雖然很想反駁，但是……忽然就對成為百里大師關門弟子這件事充滿了無窮的鬥志啊該死！

『至於白霜行。』〇五六冷哼：『妳違反合約從公司辭職，那筆違約金——』

白霜行摸摸鼻尖。

雖然很想反駁，但是……好吧她不想反駁。

一切的不合理，在這一刻，終於擁有完美的解釋。

「我悟了。」文楚楚有感而發：「比鬼更恐怖的是數學題，比數學題更恐怖的——」

三人同時沉聲：「是沒錢。」

第四章　百里街四四四號

回到四四四號，剛好是深夜一點鐘。

文楚楚還記得昨天夜裡的吊死鬼，心中不安：「今天會不會也出事啊？」

「說不準。」徐清川遲疑道：「不過……妳們應該也發現了吧，『墓地供奉』的試煉雖然已經完成，但任務進度並沒有提高，仍然停留在四分之二。」

解決筆仙和吊死鬼後，系統都曾播報過進度，並讓他們挑選單元電影的小標題。這次卻沒有。

「墓地供奉這個試煉，要說難度，的確是最低的。」白霜行頷首：「我們只剩下最後一項『追月』的試煉，主線任務卻還有兩個沒做……」

「多出來的那個，會是和吊死鬼一樣的怨靈嗎？或者——」文楚楚思忖片刻，雙眼一亮：「對了，收尾！之前不是討論過嗎？這三個試煉太過零散，拼湊不出主線劇情，而按照電影的模式，像這種單元故事，最後一幕很大機率是總結篇章，把之前的所有角色串在一起，解開謎題。」

徐清川：「什麼謎題？」

「不清楚。」文楚楚撓頭：「也許……我們要先完成試煉，等見到百里大師，才能推進劇情？」

他們住在三樓，閒談之際，已經來到客房門前。

正說著，走廊裡突然響起極其輕微的腳步聲。

白霜行循聲看去，是房東。

「你們回來了。」微胖的中年男人慢悠悠從梯間走出，瞥見他們，憨厚一笑：「這麼晚了，還不睡覺嗎？」

「在商量試煉的事情。」白霜行神色如常，回以微笑：「百里大師怎麼樣了？我們專程來拜她為師，得知大師身體不好後，整天擔驚受怕，很想去見見她。」

好一個擔驚受怕。

徐清川默默瞧她，只見這人眉頭緊鎖，抿著嘴唇，一副憂心忡忡的模樣。

就很奧斯卡影后。

她都這麼說了，房東也不太好表現出強硬的態度：「大師身體不適，需要靜養，等試煉結束，你們會見到她的。」

他一頓，像是為了轉移話題，看向另一邊的文楚楚，笑容憨厚：「你們這兩天被嚇壞了吧？這女生的臉，慘白慘白的。」

文楚楚對這個古怪的男人沒有好感，簡單回了句：「還好。」

「夜裡最容易胡思亂想，如果害怕，今晚不如讓妳朋友陪妳一起睡。」房東臉上帶著討好的笑：「我就住在妳隔壁，有事叫我。」

他說完就走，剩下的三人只能互道晚安。

關門前，白霜行不忘問文楚楚一聲：「今晚要來我房裡睡嗎？」

文楚楚紅著臉搖頭：「不用不用，我膽子沒那麼小。那人也真是的，明明徐清川臉色最差，他為什麼非說我很害怕？」

她說完停頓一下，看窗外空茫的夜色一眼，輕輕咳了咳：「要不然……還是一起吧。」

根據前人們總結的經驗，白夜有個不成文的規定，正常情況下，鬼怪不會趁著睡夢殺人。

確認屋子裡再無異常，白霜行把文楚楚帶進房間。很幸運，這是個平安夜。

第二天起床匯合，三人毫髮無損。

「昨晚沒事。」徐清川鬆了口氣：「鬼怪沒有突襲，而我們又剩下兩個任務……一個是『追月』試煉，另一個，很可能就是主線故事的結局。」

「整部電影的主線，一定和百里大師有關。」白霜行點頭：「完成試煉，我們就能見到她。不過在那之前——」

她頓了頓：「你們不餓嗎？」

一小時後。

「好撐——！」走出拉麵館，文楚楚摸摸肚子：「有種從恐怖片回到現實世界的感覺，活過來了！」

「我也覺得。」徐清川說：「你們覺不覺得，待在四四四號裡的時候，身邊氣壓比外面低很多，還涼颼颼的？那裡是不是風水不好啊。」

文楚楚搖頭：「百里大師就是幹這一行的，不至於住凶宅吧。」

這倒是。

徐清川被她說服，若有所思。

白霜行聽著他們說話，目光不經意間掠過街道，落在某一處時，動作停下。

文楚楚和徐清川也聽見聲響，好奇看去，同時吸了口冷氣。

不遠處的一棟房屋大門敞開，從裡面跑出一個小女孩。

小孩穿著單薄衣物，哭得雙眼紅腫，而在她身後，是個怒氣沖沖、不斷叫罵的男人。

「還敢跑！老子今天非要好好收拾妳！」男人口中蹦出粗俗的字句，毫不費力抓住女孩的衣領，揮動右手。

在巴掌落下之前，瘦小的男孩迅速跑來，把女孩護在身後，硬生生接下這個耳光。

男人更氣：「小兔崽子，滾！」

眼看他又要抬手，白霜行皺眉上前，沒想到剛邁步，身邊竟掠過一道風一樣的影子。迅捷，乾淨俐落，動作一氣呵成。

那人小跑靠近，熟稔地握住男人右手，在所有人都來不及反應的短短一瞬間，將對方的手臂反扭到身後。

骨骼錯位，劇痛之下，男人發出撕心裂肺的哀嚎。

「……哇哦。」徐清川呆呆看著那人的動作：「文楚楚，這、這麼厲害嗎？」

白霜行：「……」

白霜行：「差點忘了，她是警校的學生。」

被文楚楚死死制住的男人怒不可遏：「靠，妳幹什麼！」

文楚楚咬牙：「你剛才又在幹什麼！」

「老子教訓小孩，妳個臭娘們湊什麼熱鬧！」

男人破口大罵，奈何身手不佳，被壓制得動彈不得，想要反抗，差點挨上一記拳頭。

之所以「差點」，是因為在文楚楚的拳頭砸下之前，白霜行握住她的手臂，看了看兩個小孩。

文楚楚馬上明白她的意思。

兩個孩子是男人的出氣筒，她如果將男人狠狠教訓一頓，對方肯定會再把氣撒在孩子身上。

……人渣。

文楚楚抿唇，鬆開手上的力道。

「怎麼，還想打老子？老子告訴妳——」

男人氣焰更盛，臉紅脖子粗，大喊大叫的間隙，幾個戴著紅袖章的中年阿姨匆匆趕到。

看樣子是社區居民委員會。

「怎麼又和人吵起來了？」為首的女人上前幾步：「好了好了，你不是還要上班嗎？」

她對這樣的事情習以為常，話術和動作極為熟稔。

男人仍舊邊說邊罵，看看手機上的時間，臨走時不忘瞪文楚楚一眼：「要不是上班……別讓老子再看到妳，晦氣！」

白霜行聽了發出一聲低低嗤笑，被徐清川困惑地看了一眼。

「他在替自己挽回面子。」她語氣很淡：「這人打不過文楚楚，只能透過放狠話的方式，幫自己增點氣焰；至於上班，不過是他逃跑的藉口而已。」

打那兩個孩子的時候，他可沒急著上班。

男人走後，為首的中年婦女如釋重負，望向男孩紅腫的側臉：「他又動手了？」

文楚楚皺著眉：「那人經常打他們嗎？」

她的話剛說完，身邊的白霜行忽然抬手，遞來一張乾淨的衛生紙。

文楚楚怔愣一剎，反應過來後，用紙巾擦了擦自己掌心上碰過男人的地方。

婦女嘆氣：「嗯，他脾氣不好，你們儘量別和他起衝突。」

徐清川道：「不能處理嗎？」

「怎麼處理？」婦女苦笑：「每次我們調解以後，他只會打孩子打得更凶。」

「和那種人講不通道理。」一個旁觀的老太太搖了搖頭：「他受的氣，只會變本加厲發洩在孩子身上。」

傷腦筋。

白霜行轉身，看向身後兩個小孩。

她還記得，這對兄妹是叫……江逾和江綿。

妹妹江綿被嚇到了，眼淚止不住往下落，用力咬著唇，不發出聲音。

江逾作為哥哥，正在輕聲安慰，覺察到白霜行的注視，小心翼翼投來探尋的目光。

像充滿戒備的兔子。

長期生活在家庭暴力之下，這樣的小孩，往往比同齡人更謹慎更早熟，也更懂得察言觀色。

「他已經走了。」白霜行上前幾步，在兩個孩子身前蹲下，拿出一張紙巾，擦拭江綿眼底：「哭出聲也沒事的。」

這對兄妹很瘦。

江逾和江綿生有十分精緻的五官，柳葉眼，高鼻樑，放在尋常家庭裡，一定是全家人疼愛的對象。

然而靠得近了，仔細看去，小孩面頰凹陷，沒有一絲嬰兒肥，本該白皙如瓷器的側臉上，殘留著不少舊日的小疤。

她動作輕柔，五指瑩白纖細，捏著紙巾緩緩拂過女孩臉龐。

江綿安靜抬眼，對上她的視線。

比起哥哥，女孩的雙眼更圓也更清澈，被淚水浸濕後，泛著湖泊般清亮的光。

怯怯的，很可愛。

白霜行不擅長與吵鬧的小屁孩相處，萬幸，這兩個孩子看起來很乖。

她語氣很輕：「還記得我嗎？」

江綿抿著唇沒出聲，安靜垂下視線，掃過她的腳踝。

「已經好多了，謝謝妳的ＯＫ繃。」白霜行揚唇笑笑，沉默須臾，忽然開口：「看過變魔術嗎？」

女孩茫然搖頭，一旁的江逾悄悄投來視線。

「這隻手上什麼也沒有。」白霜行攤開左手，示意手裡空無一物，旋即左手握成拳頭，伸出張開的右手，在空氣裡抓握幾下。

當右手掌心貼上左手的拳頭，她展顏一笑：「看。」

右手抬起，左手張開。

——在左手掌心裡，靜靜躺著兩個ＯＫ繃。

想不通道理，看不清來路，就這樣毫無徵兆地出現在她手上。

如同一個異想天開的奇跡。

女孩一時間忘了哭泣，驚訝地睜圓雙眼。

下一刻，白霜行撕開一張ＯＫ繃，輕輕貼上她側臉的小疤。

動作柔和得像水一樣。

江綿怔怔看著她。

「去看過醫生嗎？」白霜行起身，看向另一個小孩。

江逾是個戒備心很強的男孩子，與她四目相對時，渾身緊緊繃起。

他替妹妹挨了一記耳光，臉上的嫩肉被指甲劃破，露出猙獰紅痕。

白霜行撕開剩下的那張ＯＫ繃，俯身低頭，貼在他右臉破開的血痕上。

不知道出於彆扭還是難為情，小孩始終沒看她的眼睛，好一會兒，突然小聲開口：「那是……怎麼變出來的？」

他在問魔術的原理。

其實只是很簡單的小把戲。

ＯＫ繃是她今早買的，用來保護腳踝的傷口；魔術則是入門級別，利用視覺的偏差錯位。

白霜行眨眨眼。

「嗯——」她笑了笑，出其不意伸出右手，摸上他的腦袋：「就當是世界送給你們的好運氣吧。」

手下的身體瞬間僵住，可惜低著頭，白霜行看不見他的表情。

「唉……」一直站在旁邊圍觀的老太太面露不忍：「還是送去醫院，看看醫生吧。」

文楚楚是個熱心的人，聞言立即回應：「附近有醫院嗎？」

老太太還沒出聲，戴紅袖章的女人便接了話：「離這不到兩公里。妳想送他們去醫院？這事不用麻煩你們，我們可以。」

「那就多謝了。」白霜行想到什麼，話鋒一轉：「我們剛搬進四四四號，以後有機會，或許還能再見面。」

她語氣如常，一句話說完，認真觀察女人臉上的神色。

如果那棟房子真的有問題，對方一定會露出異樣的表情。

可惜，女人只是略顯驚訝地回答：「是嗎？我還以為那棟房子不對外招租呢。」

她也不瞭解四四四號。

白霜行有些失望，不經意間轉頭看去，竟發現身邊的老太太變了臉色。

「四四四號？」她面露警惕：「你們住在那裡幹什麼？」

徐清川心知有戲：「怎麼了？」

紅袖章女人瞥他一眼：「不吉利唄，那門牌號碼，也算是千裡挑一了——你們應該不迷信吧？」

「不只這個。」老太太說：「那裡面住了個姓百里的女人，整天不出門，誰知道在暗中搗鼓什麼？在我老家，這種見不得光的術士，全都在研究——」

她正色，語氣認真：「邪術。」

文楚楚：「邪、邪術？」

「你們一定要當心，能搬出去就搬出去。」老太太沉聲：「有天晚上我路過那裡，眼睜睜看到她的窗戶往外冒黑氣，邪森森的，古怪得很。」

邪術。

白霜行想，這還真的有可能。

百里大師始終閉門不見人，對待他們三個的態度不像師徒，倒像是很想讓他們趕快去死。

正派道士，應該幹不出這種事。

居委會的人帶著兩個孩子去了醫院，三人謝過老太太，轉身回四四四號。

從見到江逾、江綿，到一切結束，只用了不到一個小時。

回去的路上，徐清川有些恍惚。

白霜行見他不說話，好奇道：「怎麼了？」

「就是有點不適應。」徐清川不好意思地笑：「我看過很多白夜經歷者的自述，自己也進過白夜，不管是誰、不管在哪一場，目標都只有活下去——畢竟白夜裡到處是妖魔鬼怪，很難顧及其他人。」

對於大部分的人來說，白夜裡的人物，等同於遊戲裡的虛擬NPC。

沒有意義，沒有價值，只不過是一場挑戰裡的附屬物，唯一的用處，是為挑戰者們提供有利的線索。

更有甚者，乾脆把白夜中的人們當作肉盾，從而保證自己能夠通關。

像白霜行和文楚楚這樣，會在「NPC」身上花心思的人，不太常見。
文楚楚想也沒想：「總不能看著小孩在自己面前受欺負吧。」
她頓了頓：「……就算他們不是真的。」
白霜行笑了，把視線從她身上移開，看向徐清川：「你不覺得，我們眼前見到的一切，和現實差不多嗎？」
「關於白夜形成的原因，最被大眾接受的，是腦電波。」她說：「一個人的意識，肯定沒辦法形成這麼龐大的場景，說不定，這裡是許多人的腦電波疊加而成的。」
確實有這種說法。
「雖然只是一縷意識——」白霜行沉默片刻，輕聲道：「但他們也會思考、也有情緒、也能感受到疼痛，從某種意義上來說，和人類沒什麼不同。」
意識不是活生生的人，沒有實體，沒有未來，也沒有改變命運的希望。
這十年裡，那兩個孩子的意識只能一遍遍輪迴這段暗無天日的日子，每天活在毆打與辱罵之中。
十年後的今天，如果他們能溫柔地對待它們哪怕一點點，那一份意識、電波，或是魂魄……
無論它是什麼，總能得到短暫的安慰。

白霜行說著笑笑：「再說了，這種舉手之勞不費時間，你看，我們也沒耽誤調查嘛。」

徐清川轉頭看她。

最初見面時，他以為這是個文靜溫和的富家小姐，被嬌寵著長大，沒有任何複雜的心思。

後來經歷一次次的試煉，他對白霜行漸漸改觀，要說的話，就像一把用柔軟花瓣包裹起來的刀，溫雅柔弱，卻暗藏鋒芒。

但現在……徐清川又有些看不懂她了。

朝陽正盛，日光像水一樣落在她臉上，依次掠過睫毛、鼻尖與緋紅色的嘴角。

路過樹下，光影明滅交疊，白霜行無聲抬起視線。

她第一次露出靦腆的神色，長睫輕顫，在眼底灑落幾道細碎金光：「就算只是小小的一縷魂魄……應該也希望能得到保護和慰籍吧。」

一段小小插曲過去，白霜行的注意力重新回到白夜之中。

接下來好幾個小時風平浪靜，直到晚上七點，三人同時收到百里大師傳的簡訊，要求在四四四號門前集合。

說來也挺神奇，自從他們來到這裡，手機雖然保留了通話功能，但僅限於和白夜中的人進行聯絡。

如果打給白夜之外的親人朋友，就會顯示空號。

回到四四四號，房東已在大門處等候多時。

「回來了。」中年男人笑容憨厚：「把你們叫過來，是因為今天下午收到一份驅鬼的委託。大師身體不好，想讓你們去問問情況。」

文楚楚心直口快：「什麼委託？」

「五一三號那家出現鬧鬼現象。」房東搖頭：「詳細情況我也不清楚，只能麻煩你們了。」

白霜行看他一眼：「你不一起去嗎？」

「我？不不不，我不行的。」男人立刻擺手：「說來不怕你們笑話，我膽子很小，見鬼就暈，跟在表姐身邊這麼多年，一招半式都沒學會，只能幫她幹點雜活。」

「真可惜。」白霜行輕聲笑笑，話鋒一轉：「不過……既然鬧鬼，就有潛在的危險，百里大師應該會保障我們的安全吧？」

「當然。」房東的笑容更加討好，從口袋裡掏出幾張黃色符紙：「這是由大師親手繪製的驅邪符，能保你們平安。」

徐清川沒說話，眼角一抽。

以白夜對他們的惡意，他有理由懷疑，如果白霜行不問，這人絕對不會把驅邪符拿出來給他們。

不過……

他們從沒聽說過五一三號，這棟房子和百里、和主線劇情有什麼關聯？

「多謝。」白霜行含笑收下：「終於有護身的東西了。昨晚我一個人睡在房間裡，總覺得不踏實，失眠到大半夜。」

文楚楚一愣。

奇怪，昨晚她們不是睡在同一個房間嗎？

更讓她納悶的是，房東居然頗為詫異地脫口而出：「妳們沒在一起？」

……咦？這人怎麼表現得比她還驚訝？

「是啊。」白霜行看著他，沒再繼續這個話題，笑意更深：「時候不早，我們走吧。」

五一三號距離有些遠，需要穿過一條很深的巷道。

三人抵達時，門外有對年輕夫妻在等候。

左側的男人掃視他們一眼：「你們就是百里大師的弟子？幸會幸會。」

女人接話：「我是陸佳，他叫宋遠生。」

「不用這麼客氣。」徐清川笑得禮貌：「我們都是新人，來詢問一下詳細經過而已。請問二位遭遇了什麼事情？」

這對夫妻臉色慘白，眼底有明顯的黑眼圈，顯然被折騰得焦頭爛額。

宋遠生揉了揉眉心：「是這樣的，我媽一星期前去世了，在那以後，我們的女兒總說能看到奶奶。」

白霜行點頭：「諮詢過心理醫生嗎？」

「嗯。」陸佳嘆氣：「醫生說，這是孩子失去親人後的幻想，但問題是……」

她打了個哆嗦，目露擔憂：「露露說了好幾件她奶奶年輕時的事，一個小孩，怎麼可能知道那些？」

露露應該是這對夫妻的女兒。

文楚楚思索道：「露露和她奶奶關係怎麼樣？奶奶為什麼去世？這一個星期裡，露露因為『奶奶』，受過傷害嗎？」

她是警校學生，問起話來條理清晰。

「她們關係很好，我們都在外地工作，露露是奶奶帶大的。」宋遠生目光暗淡：

「我媽出了車禍，在那之後，露露就……不過她一直很安全，我媽很喜歡露露，不可能害她。」

他忽然想到什麼：「說來奇怪，露露半個月前生了場重病，去醫院檢查不出原因，等她奶奶過世，居然很快就好了。」

徐清川被吊起了好奇心：「我們能去看看露露嗎？」

夫妻倆早就在等這句話，忙不迭答應下來。

女孩的房間位於客廳左側，敲門前，宋遠生說：「對了，她叫宋晨露。」

敲門聲響了三下，宋遠生推門而入。

住在這條街上的人都不富裕，這個家庭也不例外。

眼前的臥室方方正正，面積不大，只擺放著款式簡單的木桌、木床、木櫃，以及一面穿衣鏡。

木桌前，坐著個身穿紅色毛衣的女孩。

白霜行最先做出反應，友好地笑了笑：「妳好。我們是妳爸爸、媽媽的朋友，今天來做客看看妳。」

女孩轉過身，手裡抱著雪白的兔子布偶。

宋遠生小聲：「娃娃是她奶奶親手做的。小時候家裡很窮，露露羨慕別的小孩都有玩具，奶奶就縫了一隻給她。」

他說著一頓，神色愈發悲傷：「我媽真的對露露很好，她之所以出車禍，就是因為出門為孩子買藥，結果被酒駕的司機……」

宋晨露盯著他們，眨眨眼睛，旋即低下腦袋：「爸爸、媽媽打電話的時候，我聽到了……你們是要趕走奶奶的人。」

宋遠生苦口婆心：「露露，奶奶已經去世了。」

陸佳也道：「露露，把妳見到的事情告訴這些哥哥、姐姐，好不好？」

女孩不回答，默默抬起雙眼，盯著白霜行三人。

她有張清秀的臉，圓眼睛，白皮膚，尚未褪去孩童的稚氣，並不讓人覺得討厭。

然而想想跟在她身邊的那個東西，難免令人頭皮發麻。

「露露。」白霜行說：「現在，奶奶也在這間屋子裡嗎？」

女孩神色乖巧，帶著點見到陌生人的膽怯，聞言抿了抿唇，輕輕點頭。

「奶奶問，」沉默片刻，宋晨露突然說：「你們是百里的弟子嗎？」

徐清川正要回應，卻聽白霜行道：「怎麼了？」

一個模稜兩可的答案。

在「奶奶」態度不明的當下，這是最佳的回答。

宋晨露將他們端詳一遍：「奶奶說，你們住在四四四號，今天又來解決她的事情，只可能是百里的弟子。」

白霜行有些驚訝。

明明是第一次見面，「奶奶」怎麼會知道他們的住址？鬼魂沒這麼神通廣大吧？他們之前……沒遇過老人的魂魄啊。

想到這裡，一個念頭掠過心口，她驀地屏住呼吸。

「不好意思。」白霜行看向身後的夫妻：「請問有奶奶生前的照片嗎？」

陸佳點頭，打開手機裡一張全家福。

文楚楚和徐清川不明所以，湊上前低頭一看，同時愣住。

照片上的老太太慈眉善目，看長相……

居然和今早聲稱「百里大師修煉邪術」的老人一模一樣。

果然是這樣。

白霜行臉色漸沉。

今天早上，他們曾問過那老太太兩個問題。

然而每一次，都被另一個阿姨搶先回答。

當時她就覺得奇怪，阿姨心腸不錯，不像是會粗魯打斷老人講話的性格。

之所以不給老太太說話的機會，或許是因為，她自始至終，都沒有看見那位老人。

四下寂靜，掛在床邊的風鈴叮叮噹噹響了一下。

「妳能看見奶奶，對吧。」徐清川放柔聲調：「能不能告訴我們，奶奶現在在哪裡？」

宋晨露直直看著他。

她眨眨眼，答非所問：「奶奶說，百里是壞人，會害了我們。」

「糟糕。」白霜行心中升起不好的預感：「老太太覺得百里修煉邪術，對她深惡痛絕。現在知道我們是她的弟子——」

拜師學習邪術的人，又會是什麼好東西？一丘之貉罷了。

風鈴繼續響，聲音清脆而冰冷。

在身後漸漸騰起的冷意裡，白霜行看見女孩抬起右手，伸出食指，直指她背後。

叮噹。

沒有風，風鈴卻兀自晃動，宋晨露說：「奶奶，就在妳身後。」

「該死。」徐清川咬牙：「——被坑了！」

他開口的瞬間，一股冷氣如利刃襲來。

白霜行剛要閃躲，身旁的文楚楚反應比她更快，一把拉住她和徐清川的手腕，急急躲開進攻。

與死神擦肩而過，心臟砰砰直跳，白霜行調整呼吸，迅速抬頭。

在她原本站立著的地方，漂浮著若有似無的虛影，凝出一張老太太的臉孔。

門邊的夫妻發出尖叫。

文楚楚一眼就認出那張臉：「真的是……」

「你們用邪術做了那種事，差點害死露露，要不是我死了，恐怕一輩子都發現不了你們把她當作祭品……現在居然還敢來？」

老人對他們的惡意不加掩飾，背對著宋晨露，露出臉上深一塊淺一塊的剝落血肉。

——再眨眼，已悄無聲息向他們衝來，與徐清川只有半公尺之隔！

文楚楚不愧是警校學生，即便被嚇得渾身發抖，身處危急關頭，還是下意識丟出一張符紙。

符紙與厲鬼正面相碰，原以為能發揮什麼作用，沒想到紙張只是輕顫一下，旋即化作一縷青煙。

「這——」文楚楚愕然：「這不是驅邪符嗎！」

『初級符籙而已。』〇五六在一旁看好戲：『對付遊魂和小鬼還行，遇上這種怨念深重的傢伙……你們還是快跑吧。』

老太太的動作因為驅邪符停頓了幾秒，三人沒有猶豫，轉身就跑。

剛踏出臥室，便聽身邊的鏡子發出劈啪巨響。

白霜行循聲望去，只見臥室門口的穿衣鏡從中央開始出現裂痕，越來越多，越來越亂，彷彿有什麼東西想要掙脫而出。

再眨眼，破碎的鏡子裡，閃過一張蒼白的鬼臉。

徐清川渾身一抖：「靠！還真和恐怖片套路一模一樣啊！」

在恐怖片裡，鏡子往往是靈異事件頻發的高危物品。

電影都是假的，他不怕鬼片，唯獨親自置身於這種地方時，壓迫感、緊張感與恐懼感齊齊下壓，讓他喘不過氣。

『畢竟這裡就是電影裡呀。』〇五六笑得惡劣：『一部優秀的恐怖電影，怎麼少得了緊張刺激的追逐戰呢？』

與此同時，旁白響起。

『三名年輕人心頭大駭，終於明白，身為百里大師的弟子，你們被這隻怨靈盯上了。』

『怨靈身懷濃烈陰氣，當陰氣聚集，無數鬼魂將被吸引而來——對於祂們而言，活人血肉是最美味的食物。』

徐清川心裡罵了一萬句髒話。

讓三個新手被厲鬼窮追猛打，這不是把他們往死路上逼嗎！

他腦子裡一團漿糊，恍惚想起什麼，邊跑邊喊：「等等，老太太說的『那種事』是哪種事？她能把事情攤開說嗎！」

白霜行：「你想想，哪部電影把事情攤開說清楚過？」

徐清川啞口無言。

恐怖片定律之四，謎語人。

當涉及關鍵線索時，所有角色都像在讓人猜謎，說的話深奧難懂、含糊不清，只留下觀眾乾著急。

他們跑得飛快，很快來到宋家大門。

屋子裡太危險，徐清川急匆匆打開防盜門。

不成想，大門被推開的一刹，竟從門外伸出一隻半腐爛的手臂！

這個變故來得猝不及防，他慌忙後退一步，與此同時，見到更令他震驚的事情。

白霜行突然上前，彷彿早有準備一般，在開門的瞬間掏出符籙，毫不猶豫往前一按——

於是不偏不倚，剛好貼在那條手臂上。

被陰氣吸引而來的小鬼，手臂吃痛，迅速縮回。

徐清川：？

徐清川：？？？

預判這麼準，就像早知道門外藏了東西，她是怎麼做到的？

文楚楚同樣愕然：「妳……」

「多虧有〇五六剛才的提醒。」白霜行拿出剩下幾張符紙，看向大門黑黢黢的幽長縫隙，無聲一笑：「這裡是電影。」

既然系統打算按照恐怖片定律，讓他們生活在危機四伏的世界裡，那同樣地，他們也能利用這些必死的定律，活下去。

恐怖片定律之五，跳臉殺。

永遠不要相信門、鏡子和床下，每當主角開門、照鏡子或者把頭探向床底，有百分之九十九的可能性，會見到一張猙獰恐怖的鬼臉。

尤其追逐戰裡，每一扇門，每次轉頭，每個道路轉角，都有可能跳出讓人意想不到的「驚喜」。

知道這些套路，就能有效預防鬼怪的突襲。

門外的鬼魂被驅散，三人終於離開宋家住宅。

這條街上巷子很多，道路錯綜複雜，每條都能通往四四四號。

左邊的小巷幽深漆黑，路燈壞了幾盞，如同野獸張開的深淵巨口；右側的巷子燈火通明，兩邊樓房傳來居民的歡聲笑語，還有對情侶在路燈下卿卿我我。

燈火溫暖，人聲更添安全感，徐清川沒想太多，下意識往右邊走去。

剛邁步，就被白霜行拉住衣袖。

白霜行搖搖頭，朝著那對情侶的方向揚了揚下巴。

徐清川和文楚楚一愣，旋即恍然大悟。

恐怖片定律之六——情侶必須死。

情侶出場，寸草不長。

為了收視率，這類片子總要安排一場男女之間的親密戲，不等親暱結束，鬼魂、怪物或殺人魔便會突然登場，造就一對亡命鴛鴦。

情侶角色的身邊最為危險，這是恐怖片一以貫之的鐵律。

想通這一點，三人轉向左側小巷。徐清川走在最後，進入巷子的前一秒，向右瞟了一眼。

右邊的巷道寬敞明亮，然而就在那對說著悄悄話的男女身後，悄無聲息地，浮起一雙幽怨鬼眼。

漆黑、怨毒，死死盯著他看，如同淬了毒的刀。

……靠。

差點就著了這狗系統的道。

他們踏足的小巷雖然又黑又深，好在暫時安全，沒有覬覦人類血肉的鬼怪。

好不容易有了喘息的時間，徐清川心煩意亂：「這、這都是什麼事啊？」

「老太太說，百里差點害死宋晨露……」文楚楚心下一動：「宋晨露不是生過一場怪病嗎？難道是百里用邪術幹的？」

「常人察覺不到邪術的陰氣，鬼魂卻能輕易發現。」白霜行說：「老人為了幫宋晨露買藥，在路上出車禍去世，化為厲鬼之後，發覺孫女被當作祭品，下了邪術。」

所以老人去世後，宋晨露的怪病才會突然好轉——

她身為厲鬼，護在孩子身邊，完全有能力阻止邪術繼續進行。

「如果百里真的對宋晨露下過邪術，那她肯定知道，老太太會遷怒於我們。」徐清川也意識到什麼：「特地讓我們來宋家……不是把我們往火坑裡推嗎！」

這哪是收徒，分明是想要他們的命。

「百里想拿宋晨露作為祭品，結果被迫終止，現在……」令人毛骨悚然的猜想漸漸浮起，徐清川咬牙：「我們，不會就是她新的祭品吧。」

失敗以後，當然要換個目標重新下手。

他從一開始就覺得奇怪，百里對他們的態度疏離冷淡，這些試煉更是九死一生，個個把他們往死路上逼。

現在想想，或許這人根本沒有收徒的心思，自始至終，只想讓他們三個死在試煉裡。

徐清川越想越氣：「那個混蛋！」

「有可能。」白霜行點頭：「當務之急，是儘快離開這裡。」

自從他們進入白夜，這段是最陰森的場景。

壞掉的路燈有的徹底暗下來，有的一閃一閃，苟延殘喘。

巷道交錯，燈影橫斜，這裡的惡意並不外露，而是如同一條潛伏的毒蛇，森冷凶煞，不知道什麼時候會衝出來狠狠咬人一口。

人類最大的恐懼，永遠是未知。

這種幽靜的氣氛好似巨石，壓得心口發毛。

白霜行腳步沒停，話音落下，正好靠近一個轉角。

轉瞬之際，她迅速拿起驅邪符，用力向前——徐清川與文楚楚睜大雙眼。

符籙被舉起的剎那，竟有張凶戾的鬼臉從轉角衝出，直直撲向白霜行……

不對。祂刹不住動作，直直撞向那張驅鬼的符紙！

法光乍現，惡鬼發出痛苦的哀嚎，跌坐在地不斷掙扎。

白霜行深吸一口氣，心臟怦怦跳個不停。

猜對了。

「以電影的走向來看，這段劇情是個緊張的小高潮。」她輕聲道：「一段壓抑幽暗的鏡頭之後，導演很可能會安排一段貼臉殺，我們走在巷子裡，轉角處有鬼的機率最大。」

徐清川目瞪口呆。

他、他們這是又一次躲過了必死的局？

白夜不想讓他們活著出去，故意設下噁心的套路，結果白霜行以套路應對套路……反而找到了萬無一失的保命辦法？

○五六：『……』

它想不通。它抓心撓肺，它氣得幾近抓狂。

它精心設計的電影殺局，是讓他們這麼玩的嗎？這是慘絕人寰的恐怖片，不是沐浴聖光的驅魔電影好不好！

……還有機會。

視線之中，三人不再理會痛哭哀嚎的惡靈，向巷子深處走去。

目光凝在白霜行的背影上，系統○五六的心情漸漸愉悅。

它知道，還沒有結束。

有風吹過狹窄的小巷，白霜行向前邁出一步。

忽然她停下，回頭望向那抹掙扎著的影子：「你們還剩多少驅邪符？」

〇五六僵住。

她從文楚楚與徐清川手中各拿了兩張符籙，轉身回去。

厲鬼被術法灼燒，身形淡薄如霧。

白霜行神色不變，右手下落，將另一張符紙用力貼上。

恐怖片定律之七——你以為的死亡，並不是真正的死亡。

鬼怪被打倒後，有百分之九十九的機率還殘存著一口氣，能悄無聲息站起來。

當主人公以為萬事大吉，轉身離去的那刻，就是祂們發動最後一擊的機會。

所以——

又一張符籙落下，在厲鬼的聲聲慘叫裡，白霜行溫和笑笑，看向自己的兩名隊友：

「別忘記補刀。」

她說完低頭，掏出手機查找驅邪咒語，等厲鬼的身形化作灰燼，對著那堆灰念了幾句往生咒。

挫骨揚灰念咒超度，一氣呵成絲滑至極。骨灰都被揚了，還談什麼背後偷襲。

〇五六：？

〇五六：？？？

這操作、這手段……求求妳別來了好嗎！

第五章　祭品

一隻厲鬼被順利解決，三人加快步伐繼續往前。

不知道是不是錯覺……白霜行總覺得，巷子裡的岔路似乎越來越多。

小巷幽暗，她打開手機的手電筒模式，環顧四周。

不太對勁。

他們記得來時的方向，一直朝著那邊走。如果一切正常的話，早在五分鐘之前，就能抵達四四四號。

然而事實是，他們仍然置身於這條詭譎的巷道，眼前是棋盤一樣的分岔路口。

徐清川也覺得奇怪：「這、這怎麼回事？」

文楚楚打了個哆嗦。

同一時刻，他們心中不約而同浮起三個字。

鬼打牆。

白霜行暗暗腹誹，這也是恐怖電影裡屢見不鮮的老套路了。

「恐怕——」她抬眼，目光掠過黑壓壓的屋脊：「你們還記得百里給出的最後一項試煉嗎？」

徐清川一愣，轉瞬睜大雙眼。

「午夜十二點，站在極陰之地，朝著月亮走四十四步！」

老太太怨念橫生，她所在的那棟房子，已然成了陰氣彙聚的凶宅。

至於月亮——

徐清川抬頭。

深夜的天空好似潑墨，只有幾顆寥寥的星點綴於其間，快被烏雲吞噬得看不見。月亮若隱若現，在夜色映襯下，流瀉出或明或暗，神祕詭異的色彩。不偏不倚，正是懸在四四四號所在的方向。

徐清川低罵一聲：「該死。」

這是一場早就設好的局。

他們接到任務前來拜訪，一定會被老太太認出身分，遭到對方追殺。厲鬼怨氣深重、實力強大，憑他們三人無法克制，唯一的出路，是向百里求助。偏偏百里的住宅，和月亮在同一個方向。

「宋家是鬧鬼的凶宅，而要找百里大師，必須跑向月亮。」文楚楚也明白了：「所以，我們一定會觸發『追月』試煉。」

徐清川皺眉：「但試煉要求裡，不是寫了要等到午夜十二點嗎？」

「午夜十二點『可以』觸發試煉，不等於只有午夜『才能』觸發試煉。」白霜行的臉色漸漸沉下去：「百里之所以這樣寫，很可能是為了……降低我們的戒心。」

如果沒有規定午夜十二點，逃出宋宅時，他們一定會留意月亮的方向，從而避開「追月」。

百里處心積慮，擺明了要讓他們陷入死局之中。

『沒錯，就是這個原因。』旁白音沉沉響起：『人為陽，鬼為陰。當活人沾染陰氣，陰陽交融於體內，就會混淆人鬼兩界，進入陰陽的交界點，陷入鬼打牆。』

『不約而同地，你們想到那個怨氣沖天的老人。』

『她一定牢牢跟在你們身後吧？一旦離開這裡，你們是不是就可以躲過她的追擊？可……』

『你們真的能離開嗎？』

『叮咚！恭喜挑戰者觸發主線任務三：無法逃離的小巷！』

『溫馨提示：該厲鬼活動範圍有限，距離五一三號越遠，受到的限制越大。如果離開小巷、踏出陰陽交界處，說不定就能擺脫祂喲！』

系統音戛然而止，文楚楚膽子最小，摸了摸冰涼的手臂。

巷子幽長窄小，斑駁的牆壁上偶爾掠過渾濁的影子，分不清是樹影搖晃，還是什麼。

不遠處黑影起伏，嗅到人的血肉味後，好幾個鬼魂紛紛抬頭。

她想開口說些什麼，飄蕩著淡淡腐臭味道的空氣裡，忽然響起似曾相識的嗓音：「文楚楚。」

只有一聲，就讓她後背發麻，頭皮嗡嗡一陣轟響。

聲音森涼，聽不出情緒，緊緊貼在她身後。

是……他們今早見過的老太太的聲音。

那隻鬼，在叫她的名字。

白霜行毫不猶豫：「別回頭。」

她語氣篤定，輕柔卻有力量，如同一針定心劑。

怦怦亂跳的心臟慢慢趨於平靜，文楚楚握緊雙拳，深呼吸。

「有個傳統的說法。」白霜行道：「走夜路時，可能會聽見有人叫妳的名字，這時候，千萬不能回頭。」

文楚楚點點頭，聽她繼續說：「人的肩頭有三盞陽火，回一次頭，便會被陰氣吹滅一盞。等三盞火全部滅掉，陽氣消散，鬼就能勾走妳的魂魄。」

在白夜裡，鬼魂要想殺人，需要遵守特定的規則。

老太太離開五一三號，已經受到一定程度的限制，要想殺了他們，應該只能透過這個辦法。

文楚楚不敢回頭，只覺身後冷意如刀，沒過多久，那道蒼老的呢喃再次響起。

這次，她呼喚的是另一個人的名字：「徐清川。」

耳膜像被鋼針刺過，徐清川汗毛直立。

聽到自己的名字，大部分的人都會回頭，此刻他們有所防備，要是過上一段時間，關注點放在別的東西上……

那時聽見有人叫自己，很可能會下意識轉過腦袋。

想到這裡，耳邊忽然響起一聲低喝：「閃開！」

徐清川來不及反應，就見文楚楚拎著符紙跨步向前，一把將他推向一邊。

在他原先站立的位置，已然襲來一隻凶神惡煞的鬼魂。

文楚楚眼疾手快，把符紙貼向鬼魂腦袋。

「不太妙。」白霜行道：「陰陽交界，鬼怪一定不少——你們都沒剩多少驅邪符了吧。」

如果不能早些離開這裡，等他們的驅邪符用完，會被一擁而上的鬼魂撕碎。

逃不掉，掙不脫，這是完完全全的死局。

文楚楚咬牙：「根本不留活路……白夜這樣坑我們？」

話音剛落，自三人身後黢黑的巷道裡，又一次傳來熟悉的低語：「白霜行。」

聲音暗啞微弱，如同黑暗中吐出信子的毒蛇，淬了森然冷意，緩緩摩挲耳膜。

文楚楚弱弱出聲：「這位奶奶，我們只是百里大師……呸，百里神棍新收的見習弟子，她做過什麼，我們全都不知道。」

身後的怨毒之意沒有減退一分一毫。

「在白夜裡，和鬼怪講道理沒用。」徐清川嘆氣：「要不然我們繼續往前走？說不定——」

他話沒說完，意料之外地，望見白霜行動了下脖子。

徐清川目瞪口呆。

身後是洶湧如潮水的惡意，白霜行面色不改，徐徐轉過頭。

黑髮微動，搭在她纖長白皙的側頸，像朦朧的霧。

她說：「叫我？」

瞬間陰氣遍體，白霜行難受得蹙起眉。

「妳怎麼樣！」

文楚楚被嚇了一跳，白霜行卻毫不在意，蒼白著臉色搖了搖頭，示意自己沒事。

滅一盞陽火，比她想像中不舒服很多。

先是刺骨寒氣從身後狂湧而來，水一樣浸透骨髓，繼而凝結成冰，刺出刀一樣的鋒芒。

身體的力氣被抽去大半，讓她忍不住身形一晃，被文楚楚迅速扶住。

「還好，只是沒什麼力氣。」白霜行低聲：「系統說過，我們之所以遇到鬼打牆，是因為陰氣入體、陰陽交融。第三次回頭時，我的陽氣會趨近於無，到那時只剩下陰氣……就不會弄混了。」

要想破除陰陽混淆的狀態，最好的辦法，是驅除體內陰氣。

然而他們被困在這個鬼地方，身邊隨處可見遊魂鬼影，陰氣太濃，不可能消除。

這樣一來，就只剩下另一個劍走偏鋒的辦法。

徐清川呆住：「妳想驅除陽氣，讓自己變成完全的『陰』？可一旦回頭三次，那隻厲鬼就有機可乘，能置妳於死地啊！」

他一個堂堂男子漢，雖然腦子不聰明，但絕不會踩著隊友的屍體逃出去。

白霜行看著他，嘴角輕揚，露出一個笑。

她膚色白淨，如今沒有半點血色，襯得眉眼漆黑如畫，無端顯出幾分詭異的色彩。

被她這樣盯著，徐清川有些恍然：「妳在……等我的技能？」

當她回頭的剎那，陽火熄滅，厲鬼侵入。

只要他在同一時間發動技能，定住老太太的動作，三人就能趁機逃脫。

「這樣太冒險了。」文楚楚語氣擔憂：「而且一旦妳身體裡全是陰氣，就只能看到陰界的路——」

她想到什麼，閉上了嘴。

「嗯。」白霜行點頭：「只要排除我能看見的路徑，剩下的，就是陽間的道路。這是最快，也是唯一的辦法。」

「換我來回頭吧。」徐清川皺眉：「我比妳能抗。」

文楚楚搖頭：「論體能，我才是最好的。」

「徐清川的技能是最重要的一環，不能分心；至於楚楚，妳反應最快，我們需要妳驅除路上的小鬼。」白霜行笑笑：「我已經滅了一盞火，如果不繼續，這盞火豈不是白滅了？」

這並非什麼捨身為人的大義精神，而是她綜合考量之後得到的結論。

在體力方面，徐清川與文楚楚比她更強，等等逃避厲鬼的追擊時，生還幾率也更大。

她的話無法反駁，文楚楚心中忐忑：「陽火被滅，之後還能燃起來嗎？」

白霜行：「我以前看過相關的書籍，只要讓道士做法驅邪，在陽氣重的地方多住一段時間就行。」

她剛說完，忽見不遠處的樹影晃了晃。

四下寂靜，鬼影重重裡，有誰在低低呼喚：「白霜行。」

白霜行沒有遲疑，循聲回頭。

一個轉頭的功夫，渾身力氣被驟然抽乾，四肢百骸如遭凍結。

她沒撐住，腳下一軟，萬幸被文楚楚穩穩扶住，才沒摔倒在地。

白霜行鬆了口氣：「謝謝。」

她不習慣與人有身體接觸，剛想試試能不能靠自己站穩，身邊的文楚楚忽然一動。

這女生看起來膽小柔弱，其實手臂肌肉勻稱漂亮，此刻低低俯身，一把拉住白霜行左手，搭上她的肩頭。

白霜行渾身軟綿綿的，被這樣一拽，手臂順勢往左，整個人靠上文楚楚後背。

她猝不及防，眨了眨眼睛。

「上來。」文楚楚側頭看她，抬手指向自己後背：「妳這種情況，等等難道還能自己跑？」

白霜行不是矯情的人，聞言一頓，雙手環住她的脖子。

「那個，其實我也能揹。」徐清川推了下眼鏡，視線往下，落在文楚楚小腿：「妳的腿……是不是在發抖？」

文楚楚耳朵漲紅，看向他顫抖的指尖：「你不也是一樣！」

不等繼續爭論，身後的陰風又一次襲來。

白霜行聽見自己心臟跳動的聲音。

「我轉頭後，她應該會立刻攻上來。」危機感強烈得前所未有，她壓下緊張的情緒，與徐清川對視：「我說三二一。」

頭一次被安排如此重要的任務，戴眼鏡的年輕人重重點頭。

「三，二——」一切準備就緒，白霜行屏住呼吸：「一！」

嗓音落下，她即刻回頭。

與前兩次黑洞洞的巷道不同，當她轉過視線，赫然見到一張面目全非的扭曲面孔。

老太太雙目圓睜，骨與血渾濁交融，沁在腐爛的嘴角，悄無聲息地，向她扯出令人毛骨悚然的詭笑。

怨靈速度極快，一轉眼，已伸手向她襲來。

周圍血腥味越來越濃，千鈞一髮之際，白霜行下意識想要避開，卻見氣勢洶洶的鬼手驀地僵在半空。

耳邊傳來徐清川的低呼：「跑！」

他們只有兩分鐘。

文楚楚毫不猶豫，揹著白霜行往前跑。

第三次回頭，對陽氣的消耗更大。

意識變得恍惚，頭重腳輕，視線有些模糊。

白霜行強撐精神，努力抬眼。

道路兩旁的房屋如同暈開的油畫，出現無數個晃動的重影，她重重咬住舌尖，在疼痛裡恢復些許意識。

在前方……出現一條小路。

再也不是讓人摸不清頭腦的分岔口，小路直直通往正前方的深處，路上可見鬼影漂浮。

「兩條路。」徐清川說：「一條正前方，一條左上方。」

她陰氣入體，所見是陰界的景象，排除這個錯誤選項，他們要走的路只能是——

黑髮滑過側臉，白霜行眼睫輕顫，篤定應聲：「走左邊。」

倒數計時，一分四十秒。

文楚楚揹著她，空出的右手仍算得上靈活，先是靈活躲過一隻小鬼的偷襲，接著側身抬手，把符籙狠狠按下去。

「接下來的路口分三條。」徐清川氣喘吁吁：「正前方，左上，右上。」

白霜行：「直走。」

文楚楚沒有多餘的力氣說話，一鼓作氣往前衝。

幽暗的小巷裡，一切景物像流動的墨。

當神經緊繃到一定程度，分不清東南西北，只記得向前或轉去左右。

漸漸地，視野變得開闊，路燈不再忽明忽暗，流淌出明亮光暈。

「我能看到巷子盡頭，馬上就到出口了！」徐清川喜出望外：「一條往左，一條往右。」

白霜行沉默一秒：「往右。」

自從老太太被定住，她就在心中默念秒數，此時此刻，倒數計時大概只剩下……十秒鐘。

符籙所剩無幾，文楚楚拼盡全力加快速度。

耳邊是呼呼風聲，白霜行抿起唇邊，心跳加速。

倒數計時——歸零。

四面八方先是安靜剎那。

如同暴風雨前短暫的寧靜，緊隨其後，是能把萬物摧折的狂風。

洶洶怨氣幾乎要凝成實體，當她回頭，正好望見殺氣騰騰的鬼影。

……祂追上來了！

文楚楚與徐清川有陽火傍身，鬼魂不易靠近，但要殺了白霜行，於祂而言唾手可得。

厲鬼狂嘯而至，文楚楚小腿又疲又軟，用盡渾身上下最後的力氣，揹著身後的人繼續逃命。

但比起怨念深重的厲鬼，她的速度不值一提。

必須再想想，還有什麼辦法……

頭腦飛速運轉，正當鬼影步步逼近，白霜行的視線裡，忽然閃過另一道熟悉的影子。

她一愣。

是徐清川。

他跑得精疲力盡，此刻猛地停下腳步，出乎所有人意料地回頭轉身。

肩上陽火滅去一盞，他克制住雙腿雙手的顫抖，掏出最後一張驅邪符，狠狠揮向眼前駭人的鬼臉：「妳們倒是……快跑啊！」

他還剩下兩盞陽火，手中又拿著驅邪符，老太太頂多傷他五成，不能奪走他的性命。

符紙貼上厲鬼，讓後者有了短暫的停頓，三秒鐘後，怨氣席捲而來。

但正是這短短三秒鐘，製造了絕佳的機會。

他們本就到了巷子盡頭，文楚楚抓緊時間快速前衝，跨出巷子的一瞬間，整個人彷彿重新活了過來。

徐清川滅了盞火，又與厲鬼有過正面接觸，腳下虛浮得厲害，連跑步都難。

他是剩下的活靶子，眼看他與鬼的距離越來越近，暗處的系統〇五六激動難耐。

終於……終於！

白霜行帶著這兩人，把它的電影弄得一團糟，它有苦不能說，每天氣得快要發瘋，此時此刻，終於到了見血的時候。

「追月」是精心安排的必死局，就算是他們，也逃不過。

只是可憐了徐清川，被兩個隊友不管不顧丟在腦後，到頭來，只能淪為厲鬼的口糧。

同一時刻，白髮蒼蒼的怨靈咧開嘴角。

快了！再靠近最後一點，祂就能抓住──

忽然，祂的笑容停住。

在巷道之外，被路燈照射到的地方，白霜行匆匆轉過頭。

她被文楚楚揹在身後，由於陰氣入體，皮膚像極冷白的陶瓷，偏偏瞳仁純黑，倒映出燃燒著的，與漆黑夜色格格不入的光。

「徐清川──」她伸出右手：「過來！」

眨眼之間，那隻手緊緊握住徐清川的衣袖，拼盡全身力氣，用力往前一拉。

〇五六脫口而出：『什──！』

……不可以！

厲鬼怒不可遏，憤然伸出手，卻只擦過徐清川被風揚起的衣角。

一線之隔，不再是祂能踏足的領域。

光影如刀，劃出陰與陽的分界線。

燈光灑落在地，月色重返人間。

三個精疲力竭的人耳邊，同時響起清脆系統音。

『叮咚！恭喜挑戰者完成四分之三主線任務！』

「出、出來了？」剛才的一切恍然如夢，文楚楚精疲力盡，語氣裡帶了濃重哭腔：「我們還活著嗎？」

「還活著。」徐清川雙腿發軟，狠狠擦去額頭上的汗珠：「百里那混蛋——」

「這是必死的局，她一定想不到我們還活著。」白霜行輕輕呼出一口氣，望向遠處佇立的房屋，無聲笑笑：「接下來，回去找她問個清楚吧。」

準確來說……面對費盡心思想置他們於死地的惡人，他們要做的，恐怕不僅僅是「問個清楚」這麼簡單。

——電影裡，都是怎樣處理反派角色的？

徐清川邁出巷口時，扭曲的空間瞬間還原，一條條岔路好似融化的水彩，漸漸墜入夜色之中。

白霜行向文楚楚道了謝，讓她把自己放下來。

離開巷子後，陰氣散去，不像之前那樣沉甸甸。

骨髓裡雖然還是一片冰涼，但身體總算恢復幾分力氣，勉強能支撐她站起來。

——最重要的原因是，文楚楚疲憊不堪，要是繼續讓她揹著，白霜行於心不忍。

她不喜歡欠太多人情。

三人在路邊休息一下，等恢復部分體力，便起身前往四四四號住宅。

房子距離巷口不遠，他們很快抵達。

來到大門前，白霜行特地抬頭，望了望屋裡的情況。

現在不算太晚，百里所住的二樓卻是一片漆黑。整棟房子裡，只有房東的屋子亮著燈，從中溢散出昏黃光暈。

文楚楚隨著她一同往上看，口中喃喃：「百里睡了嗎？」

徐清川看了手機上的時間一眼：「晚上八點半……不至於吧？我們上去看看？」

白霜行自然點頭。

說老實話，她並不認為他們能順利見到百里，而事實是，三人的確吃了閉門羹。

徐清川把房門敲得砰砰作響，一分鐘過去，房間裡始終沒有回音。

去房東那邊，同樣房門緊鎖，無人回應。

「進不去。」徐清川皺眉：「百里可能不在房間，但房東房間裡明明有燈，一定是有人在的。」

文楚楚很是氣惱：「這兩人挖了這麼大的坑，只想讓我們早點去死，現在害怕被興師問罪，當然不會開門。」

她有些苦惱，揉了揉眉心：「沒有他們的房間鑰匙，我們進不去。」

房間與走廊被一扇防盜門澈底隔開，此刻房門緊閉，他們即便再急切再憤懣，也只能站在走廊裡乾著急。

「或許——」白霜行忽然開口：「還有另一條通道，可以去房東的房間。」

徐清川和文楚楚面露茫然，聽她繼續道：「今晚見到他時，我對他撒了一個謊。」

「妳告訴房東——」文楚楚立馬想起來：「昨天晚上，妳是一個人睡的。」

她記得清清楚楚，由於自己膽小，昨晚去了白霜行的臥室。

當白霜行說出「一個人睡」後，不只她，房東臉上也出現驚訝的表情。

就好像……他知道白霜行說錯了一樣。

白霜行點頭，壓低聲音，示意二人隨她回房間：「第一次見到房東時，你們有沒有覺得不對勁？」

文楚楚小學生答題般舉起右手：「他鬼鬼祟祟的，過了好久才開門！」

「準確來說，是被鬼圖嚇出聲，暴露自己的存在，才不得不開門。」白霜行笑笑：「我剛把手機放到洞口前，他立馬被嚇一大跳。難道真有這麼巧，我伸手和他往外看，兩件事發生在同一時間？」

「機率很小。」徐清川恍然大悟：「他可能早就站在門邊，從小洞裡偷偷看著我們。」

那場景想想有些嚇人，他手臂上起了一層雞皮疙瘩。

「沒錯。」白霜行點頭：「藏在暗處觀察別人，很符合偷窺狂的特徵。房東還有一次不對勁，是在昨天晚上——楚楚，記得他對妳說過的話嗎？」

「記得！」文楚楚隱約明白了：「墓地供奉後，徐清川被嚇得最厲害，臉色也是最差的，他卻一眼看出我膽子最小。」

當時她就覺得奇怪。

終於意識到什麼，文楚楚的嗓音微微顫抖：「他、他就住在我隔壁，難道是——！」

「還記得之前總結出的恐怖片定律嗎？」白霜行語調很輕：「防偷窺、防鏡子——你們的臥室裡，是不是都有一面貼牆的穿衣鏡？」

徐清川呼吸一滯：「妳的意思是，他利用雙面鏡偷窺？」

雙面鏡，也叫單面透視玻璃，正面和普通鏡子一樣，能映出自己的倒影；反面卻像一塊透明玻璃，可以清晰看見鏡子另一邊的景象。

你看不見他，他看得見你。

房東的言行舉止非常古怪，白霜行起初猜測他用了針孔攝影，但翻遍整間屋子，都沒找到絲毫問題。

於是她想到鏡子。

「雙面鏡是恐怖片裡常用的東西。我懷疑他有問題，所以故意露了破綻，聲稱自己昨晚單獨在房間裡。」白霜行道：「他臉上驚訝的表情，還記得吧？」

「……噁心！」想到那人就在自己隔壁，文楚楚咬牙切齒：「白夜裡不禁止毆打行為吧？」

「當然。」白霜行長睫輕動，不知想到什麼，抬眼看向昏暗的走廊：「我能猜到的只有這麼多，更詳細的內情，只能直接問他了。」

「直接問他？」文楚楚好奇：「可他關著門，我們怎麼進去？而且就算見到房東，萬一他守口如瓶、不願意告訴我們實情怎麼辦？」

他們三人福大命大，沒受到任何實質性的傷害，那男人完全有可能編造謊言，聲稱不存在邪術，一切都是意外。

白霜行望了她一眼，忽地笑了笑：「被百里設局困在巷子裡，今天有沒有覺得不爽？」

當然啊！

「不爽。」文楚楚加重語氣：「超級！不爽！」

「我也很不爽。」白霜行眨眨眼，纖長睫毛下，溢出幾點微光：「有一個辦法，既能讓房東對我們知無不言，又能令他以後再也不敢偷窺。」

「既然這裡是電影，那不如演一演吧。」她彎起嘴角：「想不想……送他一份驚喜？」

夜色漸深。

身形臃腫的中年男人獨自坐在臥室裡，手裡夾著根煙。

電腦沒開，手機放在旁邊，房間中只有一盞白熾燈亮著。

他一動也不動，看著身前的鏡面。

不可思議。

不久前，他聽見走廊裡傳來談話聲和腳步聲，聽聲音，是那三個年輕人——他們居然還活著！

但他們怎麼可能還活著？

為了確保獻祭儀式順利進行，表姐精心為他們挑選了死法，前有鬼打牆，後有厲鬼追殺，兩邊都是絕路，以他們的能力，不可能逃出生天。

他們是來興師問罪的嗎？還有表姐的儀式……既然他們沒死，那儀式怎麼樣了？

房門被敲得砰砰作響，中年男人蜷縮在沙發一角，始終沒去開門。

不久後聲音消失，他死死盯著臥室裡的鏡子。

這是雙面鏡。

他有偷窺的癖好，得知三個年輕人將要入住後，特地在自己與隔壁房間的牆上安裝了這個東西。

住在隔壁的女生名叫文楚楚，膽子很小，第一天來到四四四號時，縮成一團才敢睡覺。

想到這裡，隔壁臥室的門被人打開，旋即燈光亮起。

男人緊張地屏住呼吸。

他聽不見對面的聲音，只能看見文楚楚快步走進房間，身後跟著白霜行。

看來她們被嚇壞了，決定擠在一間臥室裡過夜。

身為電影中的角色，他聽不見緩緩出現的旁白音。

『男人想，今晚一定能看到更有意思的場景。』

『兩個心懷恐懼的可憐人相互依偎，臉上滿是揮之不去的絕望與茫然。他之所以在房中安置雙面鏡，最想欣賞的，就是人們最隱私，也最脆弱的模樣。』

『這讓他迫不及待。』

鏡子另一邊，兩人唇齒開合，你一言我一語說著什麼。

白霜行手裡拎著黑色塑膠袋，進門時，從裡面拿出幾根香和白色蠟燭。

……哈。

男人暗暗嗤笑，她們該不會是被嚇傻了，想求神拜佛吧？

『有趣。』旁白準確說出他的內心想法。

『他看著看著，覺得那兩人無比可笑。她們越恐懼，他就越是興奮。』

『男人饒有興致勾起嘴角，淡漠笑容裡，唯有冷意森森。他病態地笑著……』

旁白說到這裡，戛然而止——

因為中年男人臉上的笑意，在不到一秒鐘的時間裡化為驚愕。

鏡子另一邊，白霜行把蠟燭放在桌前，緊接著，又從塑膠袋裡拿出幾個瓷碗和饅頭。

熟悉的配方，熟悉的味道。

這是……見鬼之法其二，餓鬼供奉。

她想做什麼？

心中升騰起不好的預感，不只房東，連旁白也愣了一下。

鏡子另一邊，劇情仍在繼續。

文楚楚把香點燃，規規矩矩放在瓷碗之前，煙霧繚繞，緩慢升起。

正如昨晚那樣，升騰的白煙徐徐淩空，如同無形筆墨，漸漸勾勒出幾道若有似無的影子。

沒過多時，重重鬼影幾乎填滿整個房間。

白霜行早就做好心理準備，見一切順利進行，朝著文楚楚點頭示意。

「餓鬼供奉」的原理是，在陰氣聚集的地方遊蕩著眾多鬼魂，由於無人祭奠，變成饑腸轆轆的餓鬼。

墓地固然是最好的選擇，但她一直沒忘記，在鄰居們口中，四四四號也是陰森詭異，門口的街道上曾有許多人離奇死去。

毫無疑問，這是一棟徹頭徹尾的凶宅，一旦進行供奉，也能引來遊魂。

這件事準備就緒，接下來，只需要——

下一秒，鏡子另一邊的房東渾身僵住。

他直勾勾看著雙面鏡，視線所及之處，原本背對著他的白霜行……忽然轉過了身。

她眼底帶笑，神色從容，如同等待著老鼠上鉤的貓，眼尾溢出意味不明的弧度。

明明在笑，卻像一把鋒利的刀，隔著鏡子，正好對上男人的目光。

掌心一片冷汗，他往後縮了縮。

是巧合吧？

她不可能知道鏡子的祕密，就算知道了，也進不了他的房門，無論如何，都不可能傷得到他。

驀地，他意識到什麼。

頭皮瞬間發麻，不等房東做出反應，對面的文楚楚便掄起身旁的椅子，用力往前一砸——是鏡子。

他們打不開門，卻能打碎鏡子，直通他的房間！

鏡面破碎的聲音刺耳至極，如同死亡漸漸臨近的審判搥音。

詭異、絕望、恐慌、戰慄，各式各樣的情緒與氣氛達到頂峰，房東慌不擇路，轉身就往門邊跑。

他動作飛快，萬萬沒想到，房門一打開，一個拳頭迎面而來！

右手重重擊打在男人側臉，負責堵門的徐清川長出一口氣。

他在門口守了這麼久，就是為了這一秒鐘。

身前的徐清川怒氣沖沖，身後的文楚楚穿過鏡面，一步步向他靠近。

前有狼後有虎，房東嚇得臉色發白，癱坐在地：「錯……我錯了！我不該放那面鏡子，你們饒了我吧！」

「只是那面鏡子嗎？」白霜行來到他身邊，微微俯身，嘴角仍是禮貌溫和的淺笑：「關於邪術祭品的事情，你不打算和我們好好談談？」

他們果然知道了。

房東哆哆嗦嗦，試圖掙扎：「什麼邪術什麼祭品？我、我不知道……」

白霜行沒說話，挪動腳步側過身。

鏡面碎裂，遊魂四處徘徊，已經有好幾個來到他的房間。

肉眼可見的，房東神色一緊。

他曾經說過，自己膽子很小，一見鬼就腿軟。當他面對滿屋子遊蕩的餓鬼，一定會感到驚惶無措。

鬼魂纏身，加上他們三人不斷施加壓力，由此，便能將他所剩無幾的理智一點點、一點點碾碎。

『感受到對面那人的畏懼，白霜行饒有興致地勾起嘴角。』

半分鐘過去，卡住的旁白終於恢復運轉。

『淡漠笑容裡唯有冷意森森，她病態地笑著，輕聲開口。』

「如果不說實話……」白霜行看著他的雙眼，嗓音極輕，好似呢喃低語：「把你丟進祂們裡面，到時候會怎麼樣？被直接撕碎，還是被一點點啃咬吃掉？就算你出了事，也全是鬼魂的錯，與我們無關……對吧？」

不遠處的惡鬼個個恐怖猙獰，這句話如同一記棒搥，狠狠砸在男人頭頂。

窒息感猶如潮水，將他死死包裹其中，有生以來第一次，房東因恐懼而動彈不得，眼角滲出一滴清淚。

瘋……瘋子！

旁白逐漸適應劇情變化，慢慢輕車熟路。

『事情怎麼會變成這樣？他只不過是想看一看……不，他為什麼要鬼迷心竅，買下這面鏡子？如果一開始就不去偷窺的話，這一切都不會發生了！』

『這女人一定會殺了他的！她是瘋子、是魔鬼！』

○五六：『……』

○五六：『……』

○五六：旁白，你在幹什麼啊旁白！

這劇情是認真的嗎？變態房東偷窺租客，結果目擊到更變態的招魂現場，被嚇到抱頭痛哭？你說這合理嗎？

到底誰才是反派啊！

它想拍的是驚悚恐怖片，主人公就該瑟瑟發抖哭著逃命，而不是拿著刀大殺四方，把變態逼得痛哭流涕——還有房東，作為反派角色，你堅強一點好嗎！

事實證明，房東無法堅強，這輩子都不可能堅強。

他不過是隻生活在陰暗溝渠裡的老鼠，一輩子沒什麼出息，靠著偷窺才能得到一絲樂趣。

文楚楚低頭覷他，只覺得噁心。

噁心之餘，又渾身舒暢。

自從他們進入白夜，一直被系統和百里操控於股掌之間，心裡總憋著一股氣。

時至此刻，看著這男人哭著求饒，真的——太、爽、啦！

虛假的恐怖片主角：被威脅，被恐嚇，被嚇得神志不清抱頭鼠竄。

真實的恐怖片主角：去威脅，去恐嚇，去反殺厲鬼、碾壓反派，把劇情掀得天翻地覆。

文楚楚表示，這種劇情她很喜歡。

耳邊迴盪著房東的哭聲，徐清川是個老實人，茫然地撓了撓頭：「我怎麼覺得……我們更像反派？」

文楚楚看他一眼，恍然大悟：「原來當反派角色這麼舒爽——我們還能更反派一點嗎？早就看這破劇情不順眼了！」

「好了。」白霜行垂眼笑笑，望向地上癱坐著的男人：「說說事情的來龍去脈吧。」

文楚楚雙手叉腰耀武揚威，把惡人精神貫徹到底：「不然就把你的眼珠子挖出來！」

第六章　無人生還

餓鬼供奉仍在繼續，房間裡瀰漫著白蠟燭淡淡的氣味。

遊魂嚇人，將他團團圍在中央的三個惡棍更恐怖，在身體與心靈的雙重折磨下，房東昏了過去。

當他被嚇到暈厥的剎那，系統音適時響起。

『叮咚！恭喜完成四分之三主線任務。』

『請貢獻度最高的挑戰者，「白霜行」選擇第三幕小標題。』

『以下是為您推薦的片名。』

『「惡人傳」、「死不掉的白霜行的一生」、「百家街短跑競賽實錄」……』

「百家街短跑競賽實錄」，應該是指他們身處鬼打牆裡，被老太太的鬼魂步步緊逼，最後上演生死逃亡的那一幕。

白霜行想起當時的情景，毫不猶豫選中這個選項，不管內容如何，至少聽起來很和諧很友好，很有幾分鄰里和睦的味道。

與之前的「幸福一家人」相得益彰，剛好湊成同個系列。

選完小標題，徐清川剛好從飲水機接滿一杯水，與她短暫對視後，把水一股腦潑在房東臉上。

於是，在渾渾噩噩的夢裡過了不知道多久以後，男人是被冷醒的。

一杯冰水從頭頂傾瀉而下，將他惡狠狠拉回現實。當房東睜開雙眼，第一個反應是環顧四周。

他無比希望，記憶裡的事情只是一場夢。

可惜事與願違，男人見到三張熟悉的臉。

白霜行正在擦拭手心碰過他的地方，見他醒來，勾起不帶感情色彩的笑：「醒了。」

意識漸漸清醒，男人發現自己正被綁在一張木椅上，動彈不得。

前來進食的餓鬼已經全部離開，房中空蕩寂靜，仍殘留著詭譎幽謐的陰森氛氛。

他不敢多看，哆哆嗦嗦：「我錯了！你……你們想要多少錢？只要我有，全、全都可以給你們！」

沒人說話的時候，房間裡顯得格外安靜。

房東連呼吸都不敢大聲，雙眼上瞟。

身前的白霜行年紀不大，最初見到她時，男人對她的印象是「文靜漂亮」這四個字。

去他的文靜。

時至今日，他只想狠狠打當初的自己一巴掌。

「錢？」白霜行低頭瞥他，輕笑出聲：「你很怕我？」

房東欲哭無淚——眼前的三人掄起椅子和拳頭就往他房裡衝，身邊還跟著一堆餓鬼，這誰不怕啊！

「邪術和祭品到底是怎麼回事？」徐清川說：「你和百里想讓我們死在試煉裡，對吧。」

一旁的文楚楚雙手環抱在胸口，挑了挑眉：「如果亂說話……我還有好幾根白蠟燭哦。」

白蠟燭。

聽見這三個字，房東猛地打了個哆嗦，不久前鬼影幢幢的景象他還沒忘，要是再來一次，肯定會發瘋。

「我說，我都說！」男人臉色慘白：「這件事和我沒什麼關係，我、我沒怎麼參與，真的！」

白霜行：「你們以『收徒』的名義把我們找來，應該別有目的吧？」

不出所料，這個男人膽小如鼠又極其怕死，只需要小小嚇唬一下，就能抖出不少線索。

「是、是的。」房東低頭，不敢看她的眼睛：「你們是……獻給神的祭品。」

文楚楚一怔：「神？什麼神？」

房東趕緊搖頭：「我們不能直呼神明名諱。」

他露出躊躇的神色，艱難開口：「只要把你們作為祭品獻給神……表姐就能變得和以前一樣了。」

徐清川聽不懂了：「什麼意思？」

白霜行神色微沉，開門見山地發問：「百里的年紀到底多大？」

沒料到她會問出這句話，房東愕然抬頭，遲疑一陣子，用極小的聲音回答：「……八十八。」

文楚楚：「啊？」

她之前猜測過百里的年齡，對方既然是中年房東的表姐，大概也有四五十多歲。

至於八十八，她是無論如何都料想不到的——都這把年紀了，捉鬼時不會閃到腰嗎？

「奇怪。」徐清川也是一愣：「百里和我們說話的時候，聽聲音，像是二十歲左右。」

擁有年輕的嗓音，甚至還能跑上跑下四處驅邪，一個八十八歲的老人，真的能做到這種事？

他說完意識到什麼，心口重重一跳：「因為她用了邪術？」

「……是。」房東說：「只要獻上生辰八字相符的小孩給神，祂就能保佑表姐事事平安、容顏永駐。」

文楚楚的臉色變了變。

他們剛來四四四號時，這場獻祭尚未開始，那時的百里已經擁有了少女的聲音，也就是說——

文楚楚咬牙：「在此之前，你們獻祭過多少孩子？」

「大概、大概三、四個？神的庇佑不是永久的，等時效過去，表姐的身體會迅速老化，所以每隔一段時間，都需要重新……」房東說到一半，察覺到文楚楚的憤怒，忙不迭改口：「我真的不清楚啊！所有事情都是表姐一手安排，我只是負責打雜的！」

不留給他更多狡辯的機會，文楚楚一腳踹在男人胸口上。

白霜行沒有制止她的動作，繼續發問：「她躲在房間裡不見人，就是因為時效到了？」

「對。」疼痛在胸腔爆開，偏偏他毫無還手之力，只能徒勞地落下眼淚，哆哆嗦嗦道：「這次的祭品本來是宋晨露，表姐早早對她下了咒……沒想到她奶奶出了車禍，化作厲鬼守在她身邊，讓儀式遲遲無法進行。」

果然是這樣。

白霜行：「那我們呢？我們不是『八字相符』的小孩，為什麼要找上我們？」

這一次，房東沉默很久。

男人露出明顯的猶豫之色，忐忑地看她一眼：「如果我告訴妳事實，妳可以保證不殺我嗎？」

白霜行不置可否，輕揚下巴。

「如果實在找不到適合的生辰八字，還有另一種劍走偏鋒的辦法。」房東觀察著她的神色，吐字謹慎：「把一個不到十歲的小孩作為陣心，輔以三縷陽魂，只要將他們一起獻給神……數量足夠的話，就能彌補生辰上的誤差。」

徐清川大腦嗡地一響：「不到十歲的小孩？」

百里打算在今夜將他們置於死地，從而收集「三縷陽魂」，是不是代表著……邪術儀式就在今晚進行？

那個孩子——

想到百里空蕩漆黑的房間，文楚楚下意識感到不妙，一把拎起房東衣領：「百里在哪？那個孩子是誰？」

「別別別打我……是江家那個女孩！」

江家，江綿。

白霜行神色微變，想起滿身是傷的小女孩。

就在昨天，見到她腳踝上的擦傷，女孩怯怯走向她身邊，遞來一張ＯＫ繃。

房東被文楚楚的表情嚇到，抖如篩糠，眼淚大顆大顆往下掉：「表姐給了一筆錢，她爸很爽快就答應了，你們也知道，那男的是個賭棍。他發誓不會報警，別人如果問起，就說離家出走。」

他語無倫次：「儀式在今晚，真的，我說的全是實話……」

白霜行直截了當打斷：「她們現在在哪裡？」

她動了怒，語氣冷得像冰。

房東又是一抖：「在地下室，從一樓可以進去，那是做法的地方。」

「三個問題。」時間緊迫，白霜行加快語速：「第一，做法需要多久；第二，做法的大概步驟；第三，地下室鑰匙在哪裡。」

「做法需要很久。儀式是兩個小時前開始的，妳現在去，那孩子或許還活著。」房東說：「『神』以人類的絕望和恐懼為食，祭品越是痛苦，神給予的賞賜越多，所以每次進行儀式時，表姐都會慢慢折、折磨。」

說到最後兩個字，他心虛地壓低聲調。

徐清川低低罵了一聲「靠」。

房東小心翼翼：「還有鑰匙……鑰匙在電視下面的櫃子裡，左邊數來第一把。」

白霜行沒和他廢話，轉身快步走向電視機；文楚楚也沒開口，手腕一動，對著他的臉又是一拳。

她學過搏擊，打得拳拳到位，白霜行頭也不回地尋找鑰匙，徐清川則老老實實站在一旁，並未阻止。

側臉、胸口與小腹被重拳一次次砸下，中年男人止不住眼淚，躲閃著嚎哭出聲。

等白霜行順利找到鑰匙，落在他身上的疼痛感終於停止。

江綿的情況尚且不明，三人不敢多加耽誤，即刻動身前往地下室。

房東已是鼻青臉腫，渾身無力癱倒在椅子上，血從他的鼻子裡湧出來，將整張臉襯得猙獰如惡鬼。

他劇痛難忍，口中不斷發出痛苦的低吟，望著三人離去的背影，猩紅雙目中，隱隱多出一絲陰毒的殺意，

——那三個年輕人不會知道，他說了個謊。

儀式最長不會超過兩小時，早在他們破解鬼打牆時，表姐的獻祭就已經完成了。

雖然缺少了三道魂魄，但幼童的骨血才是儀式中最重要的一環，只要有它，表姐至少能恢復五成實力。

地下室是修習邪術的主場，放置著為數眾多的邪物邪祟，只要他們打開地下室大門……

到那時，痛哭流涕不斷求饒的人，就會變成他們了。

這樣想著，中年男人的臉上浮起淺笑。

然而沒過幾秒，他的笑意戛然而止。

門邊的三人察覺不對，停下腳步。

就在剛剛……整棟屋子顫了一下。

「奇怪。」文楚楚左右張望：「你們有沒有聞到一股很濃的腥臭味？之前沒有，像是忽然出現的一樣。」

她話音剛落，房屋彷彿巨浪中飄搖的船隻，陡然晃了晃。

緊隨其後，是更令人瞠目結舌的景象。

牆上潔白的壁紙如同被墨水浸透，迅速染上一層斑駁純黑；地板的縫隙滲出道道黑煙，散發出濃郁腥氣。

黑與紅交織纏繞，從地下無聲騰起，如同惡鬼猙獰的紋路，包裹住整棟樓房。

這樣的轉變毫無徵兆，徐清川毛骨悚然：「這、這是什麼？」

文楚楚回身上前幾步，瞪著被五花大綁的房東：「這是怎麼回事？你表姐又在搞什麼鬼？」

她說完才發現，眼前的中年男人面無血色，臉上驚恐不比他們少：「不可能……不可能！」

「出事了！」他驚恐萬分，聲音嘶啞，一邊尖叫，一邊奮力蠕動身體：「求求你們救我，帶我一起逃出去！儀式不可能出現這麼重的怨氣……一定出事了！」

白霜行皺眉：「什麼意思？」

「你們在巷子裡活下來，儀式缺少祭品，有一定失敗機率。」房東滿臉不敢置信：「那小孩被折磨至死，一旦怨念深重化作厲鬼，以表姐現在的狀態……很可能制不住她。」

怎麼會這樣？

表姐明明說過，要用最殘忍的手段一點點馴服那個小孩，讓她不敢反抗，心甘情願淪為神的奴隸。

在那樣漫長而痛苦的折磨裡，幾乎所有人都會自暴自棄放棄反抗，最後甚至哭著求著想要儘快死去，得到解脫。

一旦喪失求生的意志，逐漸變得麻木，祭品就不可能成為厲鬼，從而避免了反噬的可能性，被順利送給神明。

儀式進行過很多次，從未出現過差錯。

唯獨這次……

不過是個孩子，怎麼可能有如此濃烈的怨氣？被折磨了那樣久，難道在生命最後一刻，她仍然在怨恨、在不甘、在想著活下去？

文楚楚聞言一怔：「只有厲鬼才有怨氣，也就是說，江綿已經——」

她話沒說完，耳邊傳來系統清脆的提示音。

『叮咚！』

『恭喜挑戰者們正式解鎖最後一段主線劇情！』

它的語氣裡，全是不加遮掩的幸災樂禍。

『被虐待、被折磨、被親生父親賣給心狠手辣的術士，在長達數個小時的毒打、刀割、火燒與窒息裡，她死了。』

『她的怨氣將房子裡的一切吞噬殆盡，在這裡，她將展開一場期待已久的復仇。』

『你們是逃走？是求饒？還是……千方百計、不擇手段地活下去？』

房間裡的燈泡劈啪閃爍，白霜行心有所感，無聲抬頭。

縷縷血絲密密麻麻，藤蔓一般攀上牆壁與天花板。

窗外不再是司空見慣的寂靜夜色，血色好似翻湧不停的洶洶浪潮，吞噬月亮與星光。

幾秒鐘之前，四四四號還只是一棟普普通通，頂多略顯陰森的住宅；此時此刻，在幽異至極的血霧裡，它儼然成為人間煉獄。

房東的哭聲撕心裂肺，系統音再次響起。

『歡迎來到電影的終幕，我為它暫定的名字是——』

『無人生還。』

——無人生還。

毫無疑問，比起之前出現過的片名，這四個字擁有壓倒性的震懾力。

房裡的空氣如同被灌了鉛，連呼吸都沉重不堪。

窗外血霧翻滾，文楚楚和徐清川從沒見過這種場面，一時間雙雙失語。

白霜行心裡又煩又亂，勉強壓下怒火，看向雙眼無神的房東：「有沒有解決的辦法？」

房東驚駭萬分，別說逃跑，連說話都難。

眼前的三個年輕人是他活命的唯一希望，男人不敢隱瞞，眼淚快要哭乾：「我也不清楚，關於儀式的內容，我只聽表姐偶爾提過幾句。」

他想到什麼，語氣迫切而激動：「對，你們快去找表姐！如果她還活著，一定會有辦法！」

「江綿被獻祭之後，第一個報復的就是她。」徐清川說：「看這衝天的怨氣，你覺得她還能活？」

「表姐在這行幹了幾十年，身上有不少保命的寶貝。」房東加快語速：「怨氣現在出現，說明厲鬼才剛成形，如果抓緊時間，你們一定能見到她！」

白霜行應了聲：「嗯。」

據她所知，白夜裡的挑戰不可能毫無生路。

知道如何對付厲鬼的唯有百里一人，為了確保劇情順利進行，系統不會讓她太早退場。

「必須找到百里。」徐清川也意識到這一點：「走，馬上去地下室。」

時間容不得耽擱，三人在客廳搜刮幾張保命的驅邪符，不再逗留，立即下樓。

地下室的入口建在一樓最裡側，徐清川在前面打頭陣，文楚楚斷後，白霜行走在中間。

還沒到一樓，意料之外的，白霜行聽見咚咚敲門聲。

這聲音急促而劇烈，嚇得文楚楚一個激靈，徐清川也納悶：「誰在外面？」

這裡怨氣聚集，很容易惹來厲鬼，但是……鬼魂也要敲門嗎？

困惑之時，門外響起女孩語無倫次的抽泣：「救命，求、求求你們！」

似曾相識的嗓音，稚嫩清脆，來自十歲左右的小孩。

白霜行認出聲音的主人：「……宋晨露？」

文楚楚一愣：「那個能見到奶奶魂魄的小女孩？她怎麼會在這？」

沒人知道答案。

門外的「人」很可能是鬼怪設下的陷阱，白霜行不敢放鬆警惕，找到大門上的圓孔，順勢向外探去。

面容清秀的小女孩獨自站在門外，手裡抱著老舊的兔子玩偶，許是受了驚嚇，哭得淚流滿面。

在她身後，越來越多怨氣凝集，夜色混沌，風聲如同遊魂的啜泣。

從這個角度看去，不只四四四號，整條街道都被染上一層血色。

這讓白霜行想起鬼打牆時的陰陽交界——

或許此時此刻，他們也被江綿的怨氣拉入陰間，與外界徹底隔絕。

這樣一來，無論如何都沒辦法輕易逃出去。

門外的孩子不像是鬼。

文楚楚小聲：「……開門嗎？」

白霜行沒掉以輕心，手中緊握一張符紙：「以防萬一，準備好這個吧。」

她做事果斷，與兩名同伴交換眼神後，右手瞬間用力。

大門吱呀打開，門外的小孩滿眼淚花抬起腦袋，還沒反應過來，就被白霜行一把拉進屋中。

大門重新關緊，文楚楚看著眼前的宋晨露，心裡有一百個詫異：「妳怎麼到這來了？」

「我……我來找奶奶。」小孩把兔子玩偶抱得更緊，眼淚大顆大顆往下掉：「奶奶跟著你們離開了，我以為……你們和她在一起。」

沒想到奶奶沒找著，反而撞上了邪術失敗、怨氣反噬，被捲入這個鬼魅橫行的地方。

徐清川蹙起眉頭：「妳爸媽允許妳這麼晚一個人出來？他們沒告訴妳奶奶現在的情況？」

車禍已經過去這麼久，宋晨露不笨，怎麼可能不清楚奶奶去世了？

「我一個人偷偷跑出來的。」宋晨露低著頭，攥緊毛絨兔的爪子，抿了抿唇，努力止住哭腔：「因為……是奶奶。」

她說得語焉不詳，白霜行卻明白其中的意思。

聽說宋家夫妻常年在外工作，小孩由奶奶撫養長大，在身邊的人裡，宋晨露一定最親近、最信任她奶奶。

就連老太太的死因，也是宋晨露身患怪病，老人著急去醫院拿藥，結果遇上酒後駕車的司機。

正因如此，就算得知老人的死訊，宋晨露也不會怕她奶奶。

白霜行暗暗嘆口氣。

四四四號和外面的街道被怨氣吞噬，他們被困在這裡，不知道怎樣才能逃出去。

這地方顯然不安全，如果把宋晨露單獨留在門邊，應該不用多久，她就會淪為鬼怪的食物。

現在最好的辦法，是把她帶在身邊。

這個念頭閃過腦海，同一時刻，耳邊突然響起系統音。

『叮咚！』

『恭喜挑戰者們觸發支線任務：迷茫的羔羊！』

『你們在千鈞一髮之際，救下了誤闖此地的宋晨露。保護還是捨棄，全在一念之間，不過……如果能安全護送她離開這裡，說不定能得到意想不到的驚喜。』

『支線任務獎勵：？？？』

「雖然不知道地下室裡究竟是什麼情況，不過讓她跟著我們，至少能安全一些。」徐清川提議道：「要不然，我們把孩子帶上吧。」

更何況他們接收到支線任務，不做白不做，就目前而言，帶上宋晨露不虧。

白霜行點點頭，不知想到什麼，在女孩面前微微俯身。

她低垂著眼，在陰氣森森的世界裡笑了笑：「不好意思，是不是嚇到妳了？妳知道鬼屋吧？」

宋晨露努力忍住眼淚，點點頭。

「我們這呢，在測試一個新型鬼屋。」白霜行說：「這些黑氣是特效煙霧，房子用深色的油漆刷過，如果等等遇到突然出現的人，都是扮演鬼魂的工作人員。」

身邊的情景太過驚悚駭人，小孩被嚇得六神無主，聽完她的話，茫然地眨眨眼睛。

「鬼屋馬上要開業，我們今天想試試效果，沒想到這麼巧，妳來了。」白霜行摸摸她的腦袋：「先跟著我們好嗎？等工作結束，我們就帶妳回去找奶奶。」

她的語氣溫婉柔和，與身後湧動的血霧格格不入，在這種令人窒息的恐怖環境下，讓人莫名感到安心。

女孩怯怯抿唇，捏一捏懷中的兔子，輕輕點頭。

白霜行笑笑，向徐清川和文楚楚點頭示意。

可以走了。

在此之前，三人沒進過地下室。

據房東所言，地下室是百里大師的修行之地，他們身為見習弟子，不能踏入其中。

看著徐清川把鑰匙對上鎖孔，白霜行默默想：恐怖片定律之八，絕對不要進入地下室。

在恐怖片裡，某些建築已然成了「晦氣」和「鬧鬼寶地」的代名詞，包括但不限於廢棄的老屋、停屍間、電梯、閣樓和地下室。

一句話總結，誰去誰送死。

地下室的鐵門上有斑斑鏽跡，被徐清川推開時，發出一聲喑啞難聽的悶響。

在場幾人同時捂住口鼻。

好臭。

白霜行屏住呼吸。

這股刺鼻的腥臭氣息難以用語言形容，就像是腐爛許久的血肉暴露於陽光之下，被烈日遙遙炙烤，散發出令人無法忍受的苦腥。

文楚楚本想出言抱怨，想起身邊還有個小孩，只能哈哈乾笑一下：「道具組買的臭雞蛋，味道是不是有點太重了？」

白霜行：「嗯，改天讓他們換個味道。」

她語氣輕鬆，說話時看向門後，視線漸漸冷卻，多出幾分審視與警惕。

門後是一條往下的樓梯，通往更深也更幽暗的地方。兩邊的牆壁斑駁破敗，唯一值得慶幸的是，牆上掛著燈。

燈光暗淡，但總好過伸手不見五指。

最前面的徐清川踏入其中。

樓梯很長。

白霜行一邊走一邊觀察四周，視線掠過兩邊的牆壁，目光越來越沉。

一條條血紅的絲線如同擁有生命力，在牆壁上左右蠕動，隨著探索深入，血絲逐漸增多，直至覆蓋大半個牆面。

毫無徵兆地，徐清川停住腳步。

與此同時，白霜行聽見文楚楚用力倒抽一口氣的聲音。

——就在不遠處的樓梯盡頭，一道影子正蹲在角落吃著什麼，身形搖晃，不斷發出咯嘣咯嘣的碎裂悶響。

鬼影僵著脖子，徐徐轉頭。

白霜行一把捂住小孩的雙眼。

鬼影面目全非，正捧著一隻斷裂的手，在祂身邊，躺著另一隻一動也不動，斷了手臂的鬼魂。

她在有關白夜的論壇裡看過，在沒有秩序規則的世界裡，怨靈會互相殘殺，吞食的鬼魂越多，實力也會越強。

寂靜了一瞬間。

見到他們，鬼影咯咯顫抖，露出詭譎殘忍的笑——再眨眼，祂已起身上前，直撲徐清川的喉嚨！

巨大的壓迫感沉重如潮，徐清川努力穩下心神，止住因恐懼而生出的顫抖，順勢舉起驅邪符。

鬼影動作停住。

然而很快，徐清川意識到不對：「這符壓不住祂，快跑！」

正如他所言，符籙只讓祂停頓了幾秒鐘，沒過多久，黃紙遭到烈火焚燒，化作一縷青煙。

文楚楚抱起小女孩就跑，白霜行也沒猶豫，立馬邁步向前。

「這什麼鬼東西啊！」文楚楚捂著宋晨露的眼睛：「符紙解決不掉，我們怎麼對付祂？」

白霜行沒說話，飛快抬頭張望，觀察地下室的環境。

這裡很大。

布局十分淩亂，空間被厚厚的牆壁分開，劃分成許多個大小不一的房間，由於燈光昏暗，很難分清東南西北。

四周不見神像佛像，牆上浸滿漆黑的污漬，凝神望去，猩紅的液體從牆體滲出，勾勒出紛繁複雜的符籙圖案。

毫無仙風道骨，只讓人覺得邪性。

身後的鬼影速度飛快，幾乎貼上她後背。

白霜行轉身揮出一張符紙，心裡清楚，頂多拖住祂幾秒鐘。

地下室複雜得猶如迷宮，分支出一條條走廊與房屋。

他們不知道百里的位置，大聲呼叫又怕驚動鬼怪，只能從最近的房間開始，依次搜尋。

欣賞著幾人狼狽的身形，監察系統〇五六忍不住輕笑一聲。

這裡是整場挑戰最後一個關卡，也是最難的一個。

地下室是百里大師研究邪術的祕密地點，潛伏著數量眾多的鬼怪。他們必須承受住這隻怨靈的追擊，同時盡可能小心謹慎，避免引出其他邪祟。

就算這群人對恐怖片套路瞭若指掌，能避開其他鬼魂，跟在他們身後的這隻，也絕對擺脫不了。

要想活命，唯一的辦法是在被追上之前找到百里大師，但以這隻怨靈的速度……
想必不到十秒鐘，就能追上其中一個人吧。
想到這裡，它心情大好。
任憑白霜行有那麼多不按套路出牌的鬼把戲，在這種性命攸關的時刻，也是毫無用處。
「情況不太好。」徐清川回頭看鬼影一眼：「符紙對祂的制約，似乎越來越小了。」
他在心裡算得清清楚楚，第一張符籙讓祂停頓了大約五秒鐘，而這一次，僅僅爭取到三秒鐘的時間。
照這樣下去，驅邪符遲早會變成廢紙。
白霜行又推開一扇門：「這裡也沒人。」
門後是一間風格古怪的房屋，地上擺滿燃盡的蠟燭，正對房門的牆壁上，懸掛著一面圓形大鏡子。
文楚楚對鏡子有心理陰影，只想趕緊離開：「走吧，去下一間。」
然而白霜行沒動。
身後的厲鬼步步緊逼，文楚楚不由著急：「怎麼了？」
「……我有一個設想。」

白霜行站在鏡子前，沒有轉身離去，而是迅速前行幾步，直到鏡中清晰出現她的倒影。

如果是別人，或許會感到焦躁不堪，只想儘快逃跑，對她的話嗤之以鼻，文楚楚卻是一怔，隨即正色詢問：「什麼辦法？」

徐清川喘著粗氣，認真看向她。

時間緊迫，完全沒留給他們討論的時間。

不到五秒鐘，只見一抹血色閃過，好不容易甩開一段距離的怨靈，已來到門邊！

文楚楚掏出一張符紙：「我來！」

眼看怨靈襲來，她正要抬手，身體忽然被人一拽——白霜行手上用力，將她從鏡子前拉開，來到鏡面照射不到的角落。

她還沒反應過來，便聽見一陣無比痛苦的哀嚎。

聲音……居然來自那隻怨靈。

文楚楚呆住。

只見房間幽寂，一隻從未見過的鬼魂從鏡子裡探出半個身體，滿口尖牙鋒利如刀，死死咬在紅衣怨靈臉上。

她好像，有些明白發生什麼了。

根據恐怖片的套路，鏡中必然藏有凶惡的厲鬼，一旦有人靠近，就會突然現身。

以白霜行作為分界點，鏡中惡鬼和紅衣怨靈同時向她襲來，當她側身躲開……

兩隻殺氣洶湧的鬼怪，一定會撞上。

而眾所周知，鬼魂之間會自相殘殺。

暗中觀察一切的〇五六：『……』

等等，這些規則是讓妳這麼玩的嗎！

「走吧。」白霜行語速很快：「祂們打起來，不知道能拖延多久時間，我們繼續找人。」

她一邊走，一邊簡略解釋：「我們剛進入地下室，就看到那隻怨靈在吞食其他小鬼，這應該是系統給我們的提示，讓我們引導鬼魂之間自相殘殺。」

〇五六：它才沒有！

在大多數恐怖片裡，都會出現一成不變的套路。

之前在小巷中，她曾利用套路避開所有危機。既然這個方向可行……

那反向利用套路，毫不費力召喚出所有鬼魂，讓祂們成為被她利用的工具呢？

事實證明，行得通。

「鬼魂彼此爭鬥，會花去不少時間。」白霜行道：「就算其中之一贏了，繼續追我們，我們也能隨時隨地召喚出另一個怨靈。」

她說著笑了笑：「畢竟放眼望去……地下室裡的每一件東西，都是恐怖片裡不能碰的禁物。」

這是什麼人啊！

系統〇五六意識狂抽。

在地下室裡安排這麼多凶物，是為了坑害你們，讓你們被無數鬼怪圍堵剿殺——不是提供免費工具好嗎！為什麼妳表現得這麼興奮啊！

趁著兩鬼相鬥的間隙，三人又找了一間房間。

離開房間時，凶神惡煞的怨靈已經吃掉鏡中鬼，又一次猛撲而來。

白霜行眼疾手快，抓起地上奇形怪狀的布偶娃娃，朝著紅衣鬼砸去。

——談起恐怖片厲鬼，怎麼少得了這種醜娃娃。

玩偶中現出一抹白影，與紅衣怨靈半空中相遇。

都說一山不容二虎，更何況兩隻老虎還硬碰硬撞在一起，暴怒之餘，免不了一場死鬥。

眼看一紅一白撕打在一起，〇五六氣得大罵廢物，白霜行順勢打開下一扇房門。

「這種方法，好像養蠱啊。」徐清川有感而發：「我聽說苗人養蠱，就是把眾多毒蟲關在一起，讓它們彼此撕咬，最後活下來的那一隻，才能成為蠱蟲。」

文楚楚有些擔心：「吃掉越多鬼魂，實力就越強大。讓祂們像這樣自相殘殺，如果養出一隻很強的厲鬼，我們到時候怎麼對付？」

白霜行毫不猶豫：「我們有百里啊。」

「白夜不可能是死局，一定有活下去的辦法。現在這種情況，能對付怨靈的只有百里，系統原本的安排，應該就是讓我們找到她，讓她除掉跟在身後的怨靈。所以——」

她彎眼笑笑，溫和而有禮貌：「一切交給她吧。」

〇五六：『……』

正常的劇情走向，的確是這樣。

但妳現在瘋狂養蠱，誰知道會養出什麼樣的怪物啊！百里想解決，恐怕大半條命都會沒有吧！

好氣。

但不可否認，白霜行說的是事實。

努力扯出殺氣森森的笑，〇五六回應她：『沒錯，就是這樣。』

與此同時，地下室深處。

護身符的光芒趨近於無，百里獨自坐在角落。

獻祭儀式失敗了。

那個女孩擁有超乎她想像的求生欲與復仇欲，死去之後怨氣衝天，成為恐怖的厲鬼。

她與厲鬼鬥法許久，多虧身上有不少保命法器，才將祂擊退，勉強活了下來。

這棟房子已經淪為惡鬼的地盤，她身上有傷，出去非常危險，這時不敢出聲也不敢動，乾脆坐在原地療養生息。

不知過了多少，走廊裡響起腳步聲音。

表弟膽小如鼠，絕不會來這種地方，唯一可能出現的，只有那三個年輕人。

他們居然活了下來。

那三人置身於這棟房屋，一定也被牽扯進來。他們不傻，知道想活下去，必須尋求她的幫助。

這樣想著，百里忍不住露出笑容。

只要與他們匯合，她就能把那三人當作肉盾，成功離開這個鬼地方。

這是上天賜給她的獎賞，讓她能活下去！

心中激動萬分，女人顫抖著起身，打開房門。

不出所料，在幽長走廊上，她一眼就見到三張熟悉的臉孔，和一個似曾相識的小孩。

終於來了，她的肉盾——等等！

跟在他們身後的，是什麼東西？

笑意一點點凝固，百里愣在原地，大腦嗡嗡作響。

她不明白，也不理解。

為什麼緊緊尾隨著他們，距離她越來越近的，會是一隻形貌恐怖，怨氣幾乎要凝為實體的超巨型怨靈？

他們來之前，她的死亡幾率還只有百分之五十；他們來之後……

對上這鬼東西，她是百分之百不死也殘啊！

白霜行也看見她了，眉眼彎彎揮揮手：「百里大師，我們來救妳了！」

百里：？

百里：？？？

短短一瞬間，百里心中飛快浮起三個念頭。

第一個念頭，完了，她成肉盾了。

兜兜轉轉，被用來轉移傷害的替死鬼，竟是她自己。

第二個念頭，她只不過想找三個倒楣蛋，為什麼會遇上這種怎麼也死不掉，最後還倒坑她一把的祖宗？

第三個念頭——求求你們別來了，快走啊！

第七章　神鬼之家

平心而論，百里完全不想理這三個突然出現的傢伙。

如果可以的話，她寧願當場和他們撇清關係，只求那隻暴怒的怨靈不要傷害她。

可她還能怎麼辦。

以白霜行為首，三人齊齊向她跑來，身後的怨靈如影隨形。

如果不能盡快解決祂，等那三個禍害靠近，她也活不成。

她用盡渾身解數去搏。

鬥法持續七、八分鐘，過程十分慘烈，當怨靈消散於空中，滿身傷痕的百里身形一晃，狼狽地癱倒在地。

躲在角落裡看好戲的白霜行這才探出腦袋：「大師，妳沒事吧？」

百里：「……」

她都快成血人了，渾身上下有一處地方能和「沒事」扯上關係嗎！

徐清川上前一步：「大師，出什麼事了？怎麼會變成這樣？」

他們之前商量過，地下室是百里的主場，藏有不少稀奇古怪的邪物，一旦撕破臉皮，這女人隨手拿起一樣物品，就能輕而易舉害死他們。

因此，在離開地下室之前，最好表現出對一切毫不知情的假像。

果然，細細觀察他們的態度後，百里眼中的戒備與殺意少了很多。

她不知道自己被表弟賣了個一乾二淨，聽見徐清川的疑問，低頭輕咳一聲：「這裡……是我鎮壓邪靈的地方。」

她演得投入，絕不會想到，身旁三人同樣謊話連篇。

白霜行神色微斂，正色道：「看現在的情況，難道有邪靈掙脫束縛出來了？」

說話時，她的目光落在百里臉上。

白霜行總算明白，百里為什麼不願意出門見人了。

這是一張非常古怪的面孔。

看骨相、五官和面部輪廓，應該屬於二十多歲的年輕姑娘，然而臉上的皮膚卻如同腐爛的蘋果，以不可思議的速度迅速老化，生出密密麻麻的皺紋。

乍一看去，好似滄桑樹皮。

順著面部往下，渾身血肉像被抽乾，不見一絲活力，比起人，更像一具枯瘦的乾屍。

「沒錯。」百里虛弱點頭：「我拼盡全力，只能勉強將祂驅走，但祂仍然盤踞在這棟房子裡，打算把我們全部吞噬。」

文楚楚：「我們還能活著出去嗎？」

「我如今，咳，身受重傷，這個任務，得由你們來做。」百里努力撐起身子，靠坐在牆角：「那厲鬼棲身在一幅畫裡，畫就在走廊盡頭的房間。只要燒了它，厲鬼沒有載體，就會消散。」

她的話只說了一半。

厲鬼之所以會在畫裡，是因為她把那幅畫當作盛放江綿魂魄的容器，想要一併獻給神明。

「只要燒了畫就可以了嗎？」白霜行眸光一動：「妳一直待在地下室，為什麼不趁機把它燒掉？」

百里一時語塞：「我、我那是——」

當然是因為靠近那幅畫太危險，她不敢獨自前去，必須等替死鬼來啊！

「我和祂纏鬥多時，受傷很重，本打算休息一下養養傷，沒想到你們來了。」女人乾笑：「你們看，我現在連站起來都難，只能拜託你們闖進那間屋子，把祂重新封印。」

徐清川對這人印象極差，不和她廢話：「怎麼封印？」

「這樣。」百里費力站起，掏出打火機：「你們動作靈活，進去後立馬把畫點燃，我跟在你們身後，趁機做法。」

按照白夜的設定，厲鬼無法被感化。

他們不可能與江綿進行溝通，事已至此，只能這樣了。

徐清川從她手裡接過打火機，望向走廊盡頭。

到了這裡，牆上的血絲洶湧如浪潮，蠕蟲一般扭動著形體，散發出古怪臭味。

盡頭的房間大門緊閉，是所有血絲生長的源頭。

「馬上就是鬼屋的最後一關了。」白霜行看向文楚楚背上的小孩，沒表現出太多恐懼與緊張的情緒，語氣如常：「如果覺得害怕，把眼睛閉上就好。」

宋晨露右手緊緊攥著兔子玩偶，雙眼通紅地點點頭。

事實上，自從進入這個血紅色的地方以後，她絕大部分時間都閉著雙眼。

因為那隻被養蠱出來的怨靈，百里被折騰得沒了大半條命，不僅血色全無，身上還帶著不少鮮血淋漓的傷。

白霜行瞥她一眼，確保對方正常行走，淡淡移開目光。

還行，勉強能用。

周身的壓迫感越來越重，一行人不再多等，向長廊盡頭走去。

百里低聲道：「你們一定要小心，那幅畫寄託了怨氣，非常邪性。進門以後，不要管任何看到的聽到的，把畫點燃就行。」

說得好聽，翻譯過來，不就是「你們一定要心無旁騖衝鋒陷陣，死了也沒關係」嗎。

思忖間，前方的徐清川握住門把，回頭與她們交換眼神。

白霜行屏住呼吸。

隨著吱呀一聲輕響，世界瞬間寂靜。

房門打開，透過縫隙，白霜行見到一張掛在牆上的畫。

那並不是多麼精美的畫作，看起來出自孩童之手。

作品筆觸稚嫩、畫工拙劣，畫面上兩個火柴人並肩坐在一起，在它們身前，是一塊畫滿了星星和小人的巨大幕布。

像是……電影院。

這張畫似乎擁有某種魔力，讓她恍惚片刻，回過神來，白霜行立馬意識到不對。

——不到一秒鐘的時間，畫上的顏料由藍轉紅，混濁的色彩猩紅刺眼，下一刻，竟一股腦從畫面裡湧了出來！

百里在身後大喊：「不好！畫，快燒畫！」

但根本來不及。

鮮紅的顏料如同血浪，瞬間浸透空蕩的房間。畫作扭曲變形，牆壁消失不見，再向四周看去……

他們不知何時離開了房間，置身於一片一望無際、漫無盡頭的血色空間。

文楚楚呆住：「這——」

「一定是幻覺！」百里咬牙：「還記得那幅畫在房間裡哪個方向嗎？別被幻象蒙蔽，

朝著那個方向走！」

她話剛說完，身側的血霧突然劇烈翻湧，一隻血手從霧中出現，直直攻向她！

如今的百里精疲力盡，一時間反應不過來，被生生撕去手臂上大片血肉。

她不愧是多年的老術士，慘叫一聲後，反射性亮出一張符籙，迅速貼在血手手背上。

符紙生效，血手化作青煙。

「如果真的是幻覺，應該不會傷人吧。」白霜行不理會她的慘叫：「至於那幅畫的方位……我記不清了，或許百里大師能在前面為我們帶路？」

血手既然能撕破人的皮膚，就一定不是虛假的幻象。

百里疼得哀嚎連連，哪敢走在最前面，這時說不出話，只能搖頭。

交談的間隙，又有幾隻怨靈從血霧現身，文楚楚攥著手裡的符紙，不由蹙眉：「這地方要怎麼出去？等符紙用光，我們就完蛋了！」

「那幅畫周圍，是怨氣最深的地方。」百里瑟縮著身體：「我們靠得太近，被拉進厲鬼的領域，出去的路……我也不知道。」

「靠！」徐清川忍不住，終於罵出聲：「妳明知道那幅畫有問題，還讓我們毫無防備往前衝？」

按照這女人原本的想法，應該是讓他們三人擋住怨氣，為她爭取可乘之機，燒掉牆上的畫作。

沒想到怨氣太深太重，直接把所有人拉進來。

白霜行沒說話。

符紙所剩不多，一旦用完，他們必將成為惡靈的盤中飧。

然而要想出去，這片空間廣袤無邊，看不到盡頭，他們又該怎麼找到出口？

三人不是經過訓練的術士，對付一個兩個鬼魂還好，現在怨氣越來越強，已經到了棘手的地步。

文楚楚揹著宋晨露，前後都要兼顧，這邊剛避開一隻從身側偷襲的惡鬼，下一刻就聞到身後濃烈的腥臭氣味。

——糟糕了！

符紙只剩最後一張，她來不及抬手去擋，幾乎是憑藉本能地，文楚楚咬牙轉身。

身後的宋晨露與怨靈擦肩而過，在千鈞一髮之際保住性命；文楚楚自己卻直直面向怨靈伸出的右手。

然而出乎意料地……想像中血肉橫飛的畫面，並沒有出現。

鬼手直直襲向文楚楚的胸口，不知出於什麼原因，停在半空。

文楚楚肩頭，被宋晨露緊緊拽著的毛絨兔子，悄無聲息動了動耳朵。

白霜行心下一動。

這是……

原本殺氣騰騰的鬼手突然消散，文楚楚恍惚一瞬，回過神，感覺到幾滴溫熱的液體滴落在脖子上。

她回頭，望向宋晨露。

「是……是奶奶。」這裡發生的一切顯然超越了「鬼屋」的範疇，宋晨露雖然年紀不大，但一定猜到幾分真相。

她是個懂事的孩子，一路上怕得半死，一直咬著牙憋著淚，努力不讓身邊的哥哥、姐姐分心。

直到這時，眼淚終於克制不住，大顆大顆落下。

每個鬼魂都有自己的活動範圍，一旦離開固有領域，將遭到強烈反噬。

從毛茸茸的耳朵開始，兔子玩偶身上裂開一條猙獰破口，露出內裡雪白的棉花。那雙黑漆漆的雙眼無波無瀾，始終平靜。

在濃濃血霧裡，白霜行聽見系統突如其來的提示音。

『叮咚！』

『恭喜完成支線任務：迷途的羔羊。』

『感謝三位挑戰者幫助宋晨露找到奶奶，孩子們都相信，善良的人總會有好報。』

原來是這樣。

白霜行有些恍惚，輕輕鬆了口氣。

在整場電影裡，其實有一明一暗兩條故事線。

明線是百里為了養小鬼，將江綿虐待致死，結果卻釀出大禍，引火焚身。

沒有詳細描述的暗線，則是一個普通平凡的女孩和她的奶奶。

宋晨露因邪術生了怪病，奶奶求醫心切，在取藥途中車禍離世，在那以後，魂魄便一直寄居在兔子玩偶裡。

這是老人在多年前，為她親手縫製的兔子。

當她尚且活著的時候，老人在清貧生活中竭力為女孩創造一片淨土；如今陰陽相隔，哪怕死後沒有了軀體，哪怕遭到反噬支離破碎，奶奶也一定會保護她。

這是故事的最後一塊拼圖，也是他們逃出生天的機會。

系統的聲音清脆響亮。

『正在為您結算支線獎勵——』

『一條生路。』

「奶奶說……」宋晨露低著頭，抬起手，試圖堵住從玩偶裡漏出來的棉花：「先往左。」

在很長一段時間裡，沒有人願意相信，她真的能見到死去的奶奶。

他們說她思念成疾，患上心理疾病，可白霜行知道，她真的看到了。

在她身邊，或是在那隻兔子漆黑的眼睛裡，的確有一縷溫柔的魂靈。

所以白霜行說：「好。」

這片血霧浩渺無垠，他們跟著宋晨露的指引，在未知的空間中穿行。

沒過多久，白霜行逐漸感覺到身邊的變化。

那股沉重如山的壓迫力緩緩褪去，只剩下清淡血氣。

當轉了不知道多少個彎，一縷紅霧盤旋掠過眼前，身後的女孩加重語氣：「向前一步，就是那裡！」

這是唯一的，也是最後的機會。

她話音方落，白霜行便邁步前行。

如同跨過某個臨界點，眼前的事物恢復原狀。

在她觸手可及的身前，正是那幅畫。

百里尖叫：「快，取下來！」

不需要她開口，白霜行迅速伸出右手。

畫紙四周布滿血絲，感受到威脅，齊齊湧向畫面中心。

不知怎麼，在即將觸碰到白霜行手背時，血絲的動作，停頓了一秒。

一秒鐘的空隙就夠了。

在血絲洶洶湧來的前一刻，白霜行手腕用力，將整幅畫從牆壁上撕扯下來：「打火機！」

百里心急如焚，一把奪過徐清川手裡的打火機，將它扔向畫紙。

火光與畫紙接觸的瞬間，整棟房屋為之一顫。

……成功了。

白霜行垂眸，靜靜凝視近在咫尺的灼目火光。

牆上的血絲如同遭受極大的痛苦，瘋狂蠕動。

這裡隔絕了外界，卻有森冷陰風穿廊而過，不知是不是錯覺，風中夾雜著聲聲鬼哭。

火光明滅，血色褪去。

哭聲淒涼悲戚，在耳邊逐漸變得清晰。那是小女孩極力克制的悲鳴，在寂靜燈光裡，顯得詭譎又淒厲。

「活下來了。」百里雙目猩紅，咯咯癡笑：「我活下來了！居然想殺我……看看是誰遭報應！」

文楚楚挪動腳步，離她更遠；徐清川默不作聲，皺起眉頭。

他們兩人的神色，都不是很好。

縱觀整個故事，最大的罪人，非這個姓百里的女人莫屬。

以招收弟子為由，將無辜的年輕人騙來充當祭品；為了讓自己重回巔峰，把一個個孩子折磨致死，獻給所謂的「神明」。

到頭來，活下來的是她，死去的卻是孩子們。

白霜行沒說話，踱步走向角落，在紙頁燒盡的灰燼旁，看到小小的書包。

樸素破舊，淺粉色，很眼熟。

書包有著明顯的撕扯痕跡，想必它的主人曾因奮力掙扎拉扯過。

拉鍊裂開，幾本作業簿凌亂散落在一旁，除此之外，還有一張方方正正的小紙條。

白霜行俯身，將它撿起來。

紙條上，用稚嫩而工整的字體寫著：『謝謝姐姐幫我們，我和哥哥是第一次看到魔術，妳好厲害！』

右下角畫了圓圓的笑臉。

這是江綿寫給她的留言，可惜永遠無法親手送出。

『陰氣散去，風煙俱寂。』

漫長的沉默後，旁白音打破寂靜。

『三名年輕人看著畫紙散落的餘燼，慶幸自己逃過一劫的同時，心中不免生出疑惑。』

『到底何為神，何為鬼，何為人？一切在這裡結束，當真是最好的結局嗎？』

『不過歸根結底，對於他們來說，這並不是需要思考的事情。如今面臨的最大難題，是離開這裡以後，他們該上哪找新的工作。』

文楚楚茫然：「結、結局？」

她還沒反應過來，等耳邊旁白結束，如同電影落幕一般，四面八方的景色盡數消散。

百里、宋晨露、陰暗潮濕的房屋，一切化為烏有，融入漆黑的幕布之中。

昏暗的視野裡，慢慢出現一行大字。

『感謝您的觀看！』

「靠。」徐清川忍不住低罵一句。

拜託，這什麼惡趣味十足的破結局？

「等等！」文楚楚匆匆開口：「這就是結局？反派不該得到懲罰嗎？那個小女孩，她就這樣——」

『這就是結局。』〇五六的語氣很無辜：『恐怖片嘛，無非兩種結局，要麼你們全部死在怨靈手上，要麼怨靈被你們反殺。觀眾看個刺激就好，誰在乎什麼正派反派，更何況，這世上也不是事事都能惡有惡報啊。』

它說完，繼續進行播報。

『恭喜玩家完成白夜挑戰：怨靈將映！』

『請耐心等待，正在結算獎勵……』

『檢測到兩名玩家首次體驗白夜挑戰，即將發放專屬技能……』

『叮咚！』

『技能已發放！』

文楚楚咬牙，心裡憋著一口氣。

江綿怨氣深重，會對所有人展開無差別攻擊。他們無法和怨靈溝通，要想活命，只能燒掉那幅畫，讓江綿魂飛魄散。

這個令人不適的、充滿惡意的結局，是他們唯一的生路。

實在不爽。

系統仍在進行播報。

『主線完成度，百分之百。』

『獎勵積分——嘶……哶！』

……嗯？

如同錄音帶卡帶，耳邊忽然響起奇怪的聲響。文楚楚被刺得耳膜陣痛，茫然之際，聽見更加嘈雜的聲音。

『呲……主線完成度，完成度，百分、百分之……』

徐清川也愣了：「怎麼回事？」

回答他的，是系統清脆的聲響。

『叮咚！主線完成度，百分之九十九。』

『厲鬼未被完全消滅，白夜尚未結束，請挑戰者們再接再厲！』

徐清川：？

文楚楚：？

他們不知道究竟發生了什麼，但本能地，不約而同看向白霜行。

就連身為監察系統的〇五六也驚叫出聲：『妳做了什麼？』

白霜行面色如常站在原地，不理會它暴躁的語氣，不慌不忙地，攤開右手掌心裡握著的東西。

文楚楚睜大眼睛：「這是……那幅畫？」

準確來說，是一小張畫紙的殘片。

怨靈很難交流，「用真情將祂感化」的套路行不通，從進入地下室時她就在想，他們是不是非得與江綿不死不休。

直到百里提到那幅畫。

畫是江綿魂魄的載體，畫作一旦受損，江綿將會受到重創，那如果……她毀掉大半張畫，偷偷留下畫的一角呢？

答案是，江綿實力大損，既不會魂飛魄散，也沒辦法將她殺掉，二者之間達成微妙的平衡，不至於不死不休。

這樣一來，身為最大反派的江綿仍然存在，電影也就不會匆匆結束。

他們還有扳回一城的機會。

「是取畫的時候撕下來的？」徐清川恍然大悟：「所以妳才會第一個衝上前，親手取下它。」

白霜行點頭：「畢竟，百里一定會在第一時間毀掉那幅畫。」

事實上，見到畫作後，那女人的確飛快舉起了打火機。

她原本的計畫，是先留下一小片畫作，嘗試與畫裡的魂魄進行溝通。

江綿受到重創，很難對她發起進攻，到那時，她們之間的交流一定會順利許多。

但是……手中握著畫紙殘片，白霜行垂下眼眸，無聲勾起嘴角。

她似乎，得到了意想不到的驚喜。

由於主線任務尚未完成，三人被強制送回原本的地下室裡，繼續這場電影。

抬眼看去，百里春風得意，眼中盡是死裡逃生的狂喜。

白霜行靜靜看著她。

對方並不知道，在她的腦海裡，正浮現著幾行無比顯眼的字跡。

『恭喜挑戰者啟動專屬技能！』

『姓名：白霜行。』

『技能：神鬼之家。』

『技能簡介：同鬼怪簽訂契約後，可與之成為「家人」，將鬼怪帶離白夜。家人好感度達到一定等級，可共用鬼怪能力。』

『當前技能分支。』

『分支一：共情。』

『簡介：是否覺得怨靈難以溝通？是否苦惱於異生物的凶殘野性？共情，讓你深入祂們的內心，瞭解祂們的經歷，成為祂們真正的家人。有一定機率提升使用對象好感度。』

看來，不用像之前計畫裡的那麼麻煩了。

百里自以為布局巧妙，將他們耍弄於鼓掌之中。

有句老話叫螳螂捕蟬，黃雀在後。那女人以為自己是謀劃一切的黃雀，殊不知，如意算盤早被他們看穿。

腦海中輕微顫動，一行字跡悄然浮現。

『是否使用「共情」？』

〇五六意識到不對勁，聲調陡然拔高：『等等！妳——』

這是她主演的電影，結局當然要由她決定。

這個世界上，誰不喜歡善惡有報的大團圓結局呢。

白霜行頷首，不理會系統發出的嘈雜轟鳴：「是。」

『「共情」確認。』

『正在建立意識連接……』

眼前一片漆黑。

意識彷彿墜入深不見底的大海，被冰涼海水渾然吞沒，身邊沒有聲音，沒有畫面，也沒有任何人。

忽然一道細長白光湧入眼前，光芒大盛，將她刺得睜不開眼。

白霜行垂下眼睫，耳邊傳來一聲痛苦的嗚咽。

再睜眼，身邊成另一幅景象。

這是一間簡陋的房屋。

客廳狹小，牆壁斑駁，正中央擺著木椅木桌，天花板上滲透了不知從哪裡來的水漬，呈現大片青灰。

白霜行察覺到這裡的色調很暗。

窗外明明懸掛著一輪太陽，整個世界卻灰濛濛的，很難看見色彩。

置身於這樣的環境下，即便是她，也不免從心底裡感到恐懼與壓抑。

目光再轉，經過地板上堆積的襪子、幾個摔碎了的酒瓶，以及幾件髒污且廉價的上衣，白霜行望見三道人影。

是江逾江綿兩兄妹，和他們的酒鬼父親。

「靠，她居然跑了！」男人動了怒，額頭青筋暴起，口中全是污言穢語。

想將心中所有的不快與憤懣宣洩一空，他一邊罵，一邊掄起拳頭。

角落裡的江綿下意識護住腦袋，在拳頭落下的瞬間，另一道身影擋在她面前。

是哥哥江逾。

成年男人力道不小，拳頭重重落在孩子臉上，讓江逾狼狽地跌倒在地。

他像一隻發狂的野獸，絲毫沒有停下來的意思。

「生你們養你們有什麼用？靠！」毆打一次又一次落下，男人的嗓音尖銳難聽：「你們老媽跑掉了，就是因為你們兩個拖油瓶！老子辛辛苦苦賺錢把你們養活，結果你們、你們三個都看不起我是吧！」

全是莫須有的罪名。

白霜行想起街坊鄰居告訴她的話，那個女人之所以離開，是因為無法忍受日復一日的折磨與辱罵。

眼前的男人毫不反思自己的過錯，反而在這裡責難兩個無辜的小孩，實在是……下作低劣。

白霜行看得生氣，上前一步想要阻止，右手卻如同空氣，直直穿過男人的身體。

這是江綿的記憶，無法被篡改。

「拖油瓶，賠錢貨，媽的！」

「行，她跑了，讓老子來養你們兩個！」

「看什麼看，哭什麼哭！一天到晚就知道哭！」

不堪入耳的咒罵不曾停下，江綿哭著衝上前，為哥哥擋下一記耳光，緊隨其後，又被男人狠狠踢上一腳。

十分微妙地，隨著女孩受到的傷害越來越多，白霜行的心口也越來越疼。

她隱約明白了。

這個分支技能的名字叫「共情」，不僅能讓她見到使用對象的記憶，還可以幫助她體會對方的感受。

心臟的痛楚難以用語言形容，沉悶、壓抑、難以呼吸，伴隨遍布四肢百骸的撕裂感，不間斷地刺穿身體。

因為太難過太絕望，有那麼一瞬間，白霜行險些落下眼淚。

男人打累了，拖著搖搖晃晃的身體回到房間。

江綿的情況好些，忍著痛爬起來，扶起地上的哥哥。

這個家的日子過得拮据，兩個小孩買不起好的藥，只能一再節省，小心翼翼、無比珍惜地在傷口上塗抹優碘。

他們擦藥的動作熟稔得不可思議，不知道曾被虐打過多少次。

小女孩拿著棉花棒站在窗邊，纖長的睫毛如小扇子般忽閃忽閃，遮住眼裡微弱的光。

一陣子後，江綿怯怯地問：「哥哥，爸爸、媽媽為什麼討厭我們？」

她低下頭，小小哽咽：「……媽媽不要我們了。我們真的是拖油瓶、賠錢貨嗎？」

身邊鼻青臉腫的男孩聞言一愣。

他也只是個孩子，不會說安慰的話，沉默著思考許久，終於溫聲開口。

「當然不是的。」江逾說：「媽媽害怕爸爸，所以才會走，妳還記得嗎？她每天晚上都在哭。」

他不到十歲，瘦骨嶙峋，臉上是孩子獨有的稚氣，像根瘦弱小草。

但他的眼神很認真：「等再長大一些，我們也走吧。」

江綿錯愕抬頭。

「我們現在太小了，賺不到錢。」江逾抹去臉上的血漬：「等離開這裡，我去工作，妳繼續讀書，不會再有人打我們了。」

他抿了抿唇，用微弱卻堅定的語氣說：「妳是我妹妹，不是拖油瓶。」

江綿怔怔與他對視，雖然沒出聲，白霜行卻可以從「共情」中清晰感受到，心臟的痛楚悄然融化。

那是一點驚訝，一點雀躍，和許許多多滿含期待的憧憬。

「我們可以一起打工，一起讀書。」江綿細聲細氣，抬頭望向天邊的太陽：「哥哥，我們班裡的其他人，他們的爸爸、媽媽也會這麼打他們嗎？」

「不知道。」

「唔……」江綿說：「我偷偷看過他們的脖子和手，都是乾乾淨淨的。」

不像他們，常年帶著青一塊紫一塊的傷痕。

女孩用雙手托起下巴。

她對江逾的話十分感興趣，忍不住暢想起來：「等我們從這裡走掉，夏天就能穿短袖的衣服了。」

哪怕只是不到十歲的小孩，也有屬於自己的自尊心。

她沒向同學們說過家裡的事，到了夏天最炎熱的時候，總是穿著長袖上衣，從而遮住手上的青紫痕跡。

江逾笑了笑。

白霜行對他的瞭解不多，只覺得這是個雋秀內向的小朋友，話很少，在為數不多的幾次見面裡，從沒見他笑過。

這是第一次，像所有天真無邪的孩童那樣，江逾揚起嘴角。

「還有遊樂園、動物園——」他想到什麼，眨眨眼睛：「電影院。」

江綿：「電影院？」

小學每年舉辦春遊，無論遊樂園還是動物園，他們都去過一次。

至於電影院，兩個孩子只在街上遠遠看過。

對於他們的父母來說，與其花錢去電影院，不如舒舒服服坐在家裡的電視機前，轉到電影頻道。

「他們最近不是都在討論嗎？那部新出的電影。」江逾笑笑：「妳昨天也說想看。」

女孩立刻點頭：「嗯嗯！」

白霜行安靜地站在一旁，體會她此時此刻的心情。

悶痛褪去，好似寒冬不再，尖冰銳利的稜角一點點融化，留下一灘清凌凌的春水。

一隻雀躍的鳥掙扎而出，對世界滿懷好奇，迫不及待想要探出腦袋。

她在想，電影院裡會是什麼模樣？一塊巨大的螢幕橫在牆上，和家裡究竟有什麼差別呢？

還有電影——

他們將會看到怎樣的電影？喜劇片、動畫片，或者……嗯，恐怖片？

這是一個普通得不能再普通的小孩。

如果不知道結局，此時此刻，白霜行也許會為她感到一些開心。

接下來看到的一切，漸漸與已知的故事重合。

好賭的酒鬼父親輸得傾家蕩產，為了錢，答應與百里的交易。

女孩仍然記得那個送她ＯＫ繃的姐姐，出於感謝，也出於害羞，用最後一點零用錢買下精緻的小信箋，認真寫下想要對她說的話。

可惜沒能送出去。

被房東送進地下室時，江綿在哭。

一段劣質電影般的轉場後，畫面來到一處昏暗房間。

江綿被綁在椅子上，嘴唇被膠帶封住，只能聽見含糊不清的嗚咽，雙眼滿是淚珠。在她身前，站著滿臉皺紋的百里。

白霜行閉上雙眼。

江綿在害怕。

她年紀太小，想不透父親為什麼捨棄她，也不明白眼前的女人為什麼要向她舉起刀。

白霜行不去看身前的景象，只能感到密密麻麻的疼痛宛如小蟲，將她蠶食吞吃，徒留無邊絕望。

不對。

……還有憎恨與不甘。

她恨那對將她生下的夫妻，也恨這個素不相識卻不斷折磨她的女人。

她想離開家，想在夏天穿上正常的短袖衣服，想和哥哥有生以來第一次走進電影院——江綿想活著。

閉上雙眼的剎那，她不畏懼死亡，只覺得太多事情沒來得及實現，有些難過。

白霜行在原地站了很久。

當耳邊的響動銷聲匿跡，她終於抬頭，把目光從地上挪開。

百里不知什麼時候消失不見了，整個屋子裡，只剩下她和坐在椅子上的江綿。

和之前不同的是，江綿臉色蒼白，雙目無神，一雙眼睛黢黑如墨，冷冷看著她所在的方向。

江綿能看見她。

不再是虛無縹緲的回憶片段，此刻在她眼前的，是江綿的殘魂。

坦白說，女孩的模樣有些嚇人。

那件款式簡單的廉價上衣被鮮血浸透，變成觸目驚心的紅。

江綿眼神空洞，正直勾勾盯著她瞧，紙一樣慘白單薄的臉上，是好幾道蠕蟲般的血絲。

白霜行坦然與她對視，緩步上前。

邁開腳步的一瞬間，她看見江綿眼中露出困惑的神色。

女孩想不明白。

在這種情況下，怎麼會有人毫不猶豫向她走來？她不怕死嗎？她不畏懼這些令人噁心的血絲嗎？

她不怕她嗎？

白霜行腳步很輕，在女孩身前停住。

江綿坐在椅子上，於是她順勢蹲下，讓自己的視線勉強與對方平齊。

厲鬼對人類心懷恨意，江綿與她對視時，雙眼陰黑壓抑。

白霜行卻笑笑：「還記得我嗎？」

當然記得。

虛弱的魂魄抿住嘴唇，沒說話。

這是一種說不清的感覺，莫名其妙地，她總覺得白霜行和其他人不大一樣。

這是個非常漂亮的年輕女性，應該不到二十歲，說話從來是輕聲細語，帶著很淺的笑。

江綿思忖著她究竟有什麼不同，出神之際，白霜行再度出聲：「我看過一些心理學分析。」

這句話出現得不明不白，女孩茫然地皺了皺眉。

「家庭暴力的源頭，大多數來自於施暴者扭曲的自尊心。」白霜行說：「這類人在社會上往往地位不高，時常遭遇挫折和責罵，當自尊心在外面受到傷害——」

為了照顧小孩的情緒，她放柔語氣：「脆弱且自卑的他們，就會透過向家庭成員施展暴力的方式，來讓自己得到滿足。」

江綿一愣。

「之所以用暴力的手段維護自尊，是因為除了暴力以外，他是個一無是處的廢物。」白霜行繼續道：「無能、衝動易怒、以自我為中心，在家庭之外的社會上處處碰壁——這就是妳的父親。」

她說罷笑笑，眨了眨眼睛：「所以，妳不是拖油瓶。所有對妳和妳哥哥的辱罵責怪，都是他推卸責任的藉口，僅此而已。」

四周短暫地安靜了一下。

江綿怔然看著她，忽然明白過來，這是在回應剛才那段記憶裡，自己曾哭著問出的問題。

白霜行沒有迴避目光，直直對上她的視線。

在白夜論壇裡，有人推測。

每場白夜都是心懷怨念之人意識的具象化，白夜裡的情景、劇情與挑戰模式，都與那個人的經歷息息相關。

以江綿強烈的怨氣來看，毫無疑問，她就是這場白夜的締造者。

這樣一來，很多設定能解釋得通了。

比如這場電影令人如鯁在喉的結尾。

在現實世界裡，江綿沒有遇見願意對她伸出援手的人，最終慘死於百里手下，怨氣不散，久久徘徊。

經歷過這樣的人生，她再也不會相信所謂的「善惡有報」、「因果輪迴」，以及只有在幻想裡才會出現的、幸福圓滿的結局。

而之所以選擇「電影」作為背景……

這只是一個孩子小小的、微不足道的願望。

短暫靜默後，白霜行看著她的眼睛：「妳想去電影院，和家人看一場看電影，對吧？」

江綿避開她的目光：「……已經不想了。」

她的聲音很低，有如蚊鳴：「電影都是假的。」

所有人都喜歡無災無難、順遂心意的故事，然而在現實生活裡，哪會那樣順利。

心懷善意的好人很少得到回報，反倒是為達目的不擇手段的惡人能擁有渴望著的一切。

經歷這樣的人生，再去看闔家美滿的電影，只會覺得諷刺。

白霜行一言不發聽她說完，忽然出聲：「我去取那幅畫的時候，血絲的攻擊停了一秒。」

血絲由江綿控制，停頓的那一秒鐘，或許象徵著女孩心中殘存的理智與希望。

「妳寫給我的紙條……我看到了。」白霜行說：「喜歡魔術嗎？」

她說著笑了一下。

笑意很輕，像一片溫柔的羽毛，滑過江綿耳邊時，帶來白霜行的下一句話。

她說：「想不想……看一個更精彩的？」

女孩面露茫然，白霜行並未多言，緩緩伸出右手，掌心朝向江綿，勾了勾指尖。

這是讓她伸手過來的意思。

江綿遲疑良久，終是下定決心，把食指輕輕搭上她的手掌。

〇五六震耳欲聾的叫喊驟然響起，除了憤怒，還帶著驚慌失措：『停下，住手！妳想幹什麼？』

白霜行沒理它，注意力落在自己腦海中的技能框。

『是否向「江綿」傳送契約申請，邀請「江綿」成為家人？』

白霜行選擇『是』。

契約傳輸完畢，她清楚見到女孩臉上的驚訝。

『喂，妳別太胡作非為！這可是白夜挑戰裡的終極Boss啊！如果她出了什麼問題……整場電影會大暴走的！』〇五六幾近抓狂：『能聽見嗎？妳到底想幹什麼！』

白霜行不理它，看向眼前的江綿。

「和魔術一樣，電影裡大團圓的故事，其實也需要一些契機。很多時候看起來到了死路，只要一點小小的技巧，就能峰迴路轉，出現世人眼中所謂的『奇跡』。」

江綿呆呆注視著她。

這裡昏暗陰森，充斥著絕望的氣息，而白霜行站在其中，像一塵不染的利劍。

溫柔，安靜，卻擁有無可取代的力量，彷彿能把一切黑暗與苦厄頃刻破開。

她有一雙能蠱惑人心的眼睛。

『叮咚！』

系統提示音適時響起。

『「江綿」已成功簽訂契約，正在登錄相關資訊……』

『這是妳的第一個家人，試著與她好好相處吧！』

白霜行垂眸頷首。

江綿身受重創，幾近魂飛魄散，這樣的她不可能找百里復仇，也無法向將她推入火坑的父親討要一個公道。

但白霜行可以。

簽訂契約後，她將得到「家人」的一部分能力，江綿做不到的事她能做到，江綿報不了的仇，她也能報。

……看來這次，是真的要當反派了。

契約達成，空間劇烈抖動，血浪翻湧，一併淌向她身側。

並非出於殺意，而是親暱的簇擁。

「這部電影真正的結局——」白霜行笑了笑，指尖劃過一縷顫動的血絲，輕輕撫摸：

「想和我一起去看看嗎？」

第八章　第一場電影

血絲勾連縱橫，怨氣澎湃起伏。

在這個彙聚了絕望、血污、憎惡與苦難的房間裡，江綿定定與她對視。

在女孩短暫的一生中，除了哥哥，從未有人對她露出這樣的神色。

堅定而溫和，像燃燒著的火。

她長久生活在陰暗裡，幾乎快要忘了火焰的模樣。

沒有人會不喜歡這樣熾熱的色彩。

於是江綿深吸一口氣，看完契約後，選擇了『接受』。

『叮咚！成功發動技能「神鬼之家」。』

『契約達成，正在建立連接——』

『獲得家人：江綿（鬼）。』

『家庭檔案：江綿，女，生前九歲，死亡時經歷過長時間折磨，怨念極強。當前好感度：較為親近。』

『「江綿」技能簡介。』

『一、白夜幻戲：厲鬼基礎技能，可製造幻覺，令人深陷其中（僅限白夜中使用）。冷卻時間：三天。每次可使用對象：一人。』

『二、未知（請努力提升與家人的好感度，從而獲取更多技能）。』

白夜幻戲，看名字和介紹，是幻覺類的能力。

白霜行想，她和江綿認識不到兩天，小孩能對她「較為親近」，還附帶這樣萬能的技能，已經很走運了。

對付百里，這個能力剛剛好。

抬眼看去，江綿仍然坐在椅子上，瞳仁漆黑圓潤，怯怯的，帶著緊張。

由於處在「共情」之中，白霜行能感受到，女孩有些忐忑不安。

她從小到大習慣了被折磨利用，很難再相信別人，現在與白霜行定下契約，難免擔心這又是一場欺騙——如果白霜行拿了技能就走，將她棄之不顧，以她目前無比虛弱的狀態，只能自認倒楣。

「白夜幻戲，妳的能力很好聽。」白霜行揚唇笑笑，抬起右手，撫上厲鬼沾有血污的腦袋。

「那——」她輕聲說：「讓我們開始吧。」

當共情結束，白霜行睜開眼時，又回到那間把畫燒毀的房間。

陰氣散去，畫紙化作的飛灰堆積在角落，她身邊站著徐清川、文楚楚、宋晨露，以及劫後餘生的百里。

因為最終Boss還留有最後一口氣，電影尚未完結，他們三人沒能離開白夜，被迫回到地下室中。

徐清川和文楚楚向她投來詢問的目光，白霜行微微搖頭，看向另一邊的百里。

這種人，實在擔不起「大師」二字。

百里不知道她藏了一片畫紙，只當厲鬼已魂飛魄散，又驚又喜：「太好了……這下就沒事了！」

她說完才意識到自己的失態，低頭輕咳一聲，恢復成世外高人姿態：「多謝各位協助我擊潰厲鬼，此事功德無量，必有福報。」

白霜行禮貌微笑，配合她繼續表演：「我看那鬼魂有些眼熟，很像江家小女兒——這是怎麼回事？」

文楚楚和徐清川有點茫然。

他們不清楚白霜行的技能，回到地下室後，本以為她會趁機把百里揍一頓，但似乎……

她有別的計畫？

兩人默默對視一眼，在彼此眼中見到同樣的態度。

無論如何，配合白霜行就對了。

這場白夜下來，兩人對她的信任只多不少。

「說來話長。」百里的眼神躲閃一下：「江綿那孩子常年遭到父親虐待，今天下午自己拿了刀，割在動脈上……唉，也是可憐。她生前受了折磨，死後怨氣不散，化作厲鬼，被我收服在這個地方。」

倒是編得一氣呵成。

白霜行覺得可笑，聽對方又道：「這件事，你們千萬不要在外張揚。幹我們這一行最講究守口如瓶，如果走漏風聲，說不準什麼時候會怨氣纏身，被厲鬼找上門。」

買賣兒童、殘忍謀殺，這些事一旦被捅出去，到時候恐怕就不是厲鬼敲門，而是警方全副武裝站在她門外。

「好了，地下室不是你們應該來的地方，跟我上去吧。」百里轉身離開小房間，不忘再提醒一次：「今天的事情必須爛在心裡，知道嗎？」

沒人反駁。

百里長出一口氣。

看來她運氣不錯，不僅僥倖活了下來，還遇上三個不怎麼聰明的年輕人。

看他們臉色慘白的樣子，一定被今天的經歷嚇傻了，這種人最容易拿捏，只需要小小威懾幾句，就會對她服服貼貼。

還有那個該死的小孩，魂飛魄散是她活該。

想起江綿，她心中生出一團怒火。

精心準備這麼久，到頭來竹籃打水一場空，她實在想不透，江綿為什麼會有那麼強烈的求生欲。

小孩就這樣死了，她現在只關心自己愈發蒼老的臉。

心中正倍感不悅，忽然之間，百里腳步停住。

不知道是不是錯覺，剛剛有那麼一瞬間……她在走廊轉角看見江綿。

不可能吧。

她心裡有點發毛，很快為自己找到合理的解釋：結束鬥法後，她的體力被消耗太多，一時間頭昏腦脹出現幻覺，是很正常的現象。

身後的白霜行體貼發問：「怎麼了？」

「沒……沒事。」百里輕扯嘴角，指向長廊另一邊：「今晚辛苦你們了。出口就在那裡，回房之後好好睡上一覺，明天我再和你們商量收徒事宜。」

白霜行：「妳不和我們一起回去嗎？」

百里心中罵她多管閒事，臉上卻是笑著：「這裡還有不少殘存的怨氣，我必須把它們清理乾淨，以免怨氣擴散，殃及街坊鄰居。」

「原來是這樣。」白霜行恍然大悟：「可惜我們三個都是剛入門的學徒，不懂怎麼驅除怨氣。那就先告辭了。」

百里只想讓他們快些離開，忙不迭點頭：「好。」

三個年輕人很聽話，對她言聽計從、毫無懷疑，沒過多久，背影就消失在走廊轉角處。

直到再也看不到他們的影子，百里終於放下心。

接下來，就是進行善後工作的時間了。

平心而論，她從沒想過這三人能活這麼久。

筆仙、墓地供奉、追月，無論哪個試煉都稱不上簡單，尤其第三項，普通人幾乎不可能找到破除鬼打牆的辦法。

只不過是用來獻給神的祭品……還真是出乎意料。

她一步步踏在走廊上，目光漸冷。

只可惜，他們活不了多久了。

這三人目睹了地下室的一切，也見證了江綿魂飛魄散，一旦有誰嘴巴不嚴透露風聲……她就完了。

所以還是解決掉吧。

只有死人不會說話，更何況，她需要進行新的獻祭，從而恢復年輕時的相貌。
神在眷顧她，她一定還有機會。
走廊幽暗，昏黃的燈光灰濛濛一片，把她的影子慢慢拉長。
百里腳步很輕，落在潮濕的地板上，發出啪嗒啪嗒的，十分微弱的響音。
——等等。
她走著走著，動作停下。
為什麼……在她的腳步落地後，還緊緊跟著另一道聲響？
那聲音若有似無，雖然很輕，但每一次都像踩在她的耳膜上，如影隨形，掙脫不掉。
仔細分辨，腳步聲來源於她身後。
女人渾身僵直，猛地回頭。
沒有人。
身後的走廊空空蕩蕩，唯有久久不變的死寂。
一定是她的神經過於緊繃了。
百里努力自我安慰。
她現在虛弱得要命，如果江綿還沒魂飛魄散，執意要來報仇，她哪怕豁出全部力氣，最多也只能和對方同歸於盡，絕對占不了上風。

但江綿已經不在了。畫是她親手燒的，不會有錯。

心中的不安仍未散去，百里強迫自己不去想它，又一次跨步向前。

這一次，她聽見身後無比清晰的腳步聲。

女人飛快回頭：「誰！」

還是無人應答。

此刻的場景萬分詭異，她頭皮發麻，正要轉身逃跑，竟聽見輕飄飄的哭聲。

聽聲音，是個年紀不大的小女孩。

怎麼會這樣？

她滿心不可思議，在精疲力盡、手無縛雞之力的狀態下，終於感受到很久沒有體會過的恐懼。

這是江綿的聲音。

可江綿……不是已經魂飛魄散了嗎？

哭聲越來越大，從低不可聞的啜泣漸漸變得響亮，成為飽含痛苦、撕心裂肺的求救與哭嚎。

這些雜音充斥在女人耳裡，一點點深入其中，直達腦海最深處。

百里頭痛欲裂。

……不能慌。

多年養成的經驗讓她不至於驚惶失措，女人扶牆而立，臉上露出一絲茫然。

太奇怪了。

厲鬼的能力各不相同，有些能麻痺人的心智，有些能讓人產生幻覺，這並不稀奇。

但是……為什麼此時此刻，她居然察覺不到一絲一毫鬼怪氣息？如果真是厲鬼作祟，以她的實力，應該能第一時間發現才對啊！

腦子裡一團漿糊，百里維持理智，一步步走向身邊的房間。

打開門，一股塵封的灰土味撲面而來。

房間不大，方方正正，擺放著造型不一的驅邪法器。

她隨手拿起八卦鏡，出於警惕，環視四周。

沒有陰氣，也沒有任何異常，之前遇見的怪事，應該是精神衰弱後產生的幻覺。

女人吐出一口濁氣，正要往前走，耳邊又傳來一聲咯咯輕笑。

很低，像一陣令人毛骨悚然的風，讓她起了滿身雞皮疙瘩。

再回過神，那聲音竟不知不覺來到她身後，幾乎是貼著耳朵，惡意十足地笑了下。

百里迅速轉身，還是什麼也沒有。

是錯覺嗎？

她有些恍惚，朝著身後張望許久，確認沒有異樣，才略微安下心來，轉頭回去。

——沒想到居然見到一張血肉模糊、怨毒猙獰的鬼臉！

恐怖片定律之九，如果一次回頭不夠，那就等第二次。

這是影視劇中的經典橋段，當一個人察覺背後有響動，回頭卻發現毫無異常，一定會下意識放鬆警惕。

殊不知，鬼怪已經來到他的身前，只要轉回正面，就能與祂近距離臉對臉。

然而身為電影裡的角色，百里當然不會知道這種定律。

眼前的視覺衝擊實在太大，即便是她，也忍不住連連後退，發出一聲尖叫。

百里不怕鬼，那是建立在有符籙護體、法器傍身的情況下。

現在她只剩下半條命，連走路都難，更不用說與厲鬼鬥法。

而且……

目光下移，看向手中的八卦鏡，女人眼中露出迷茫的神色。

她拿著驅邪法器，尋常厲鬼根本近不了身，可為什麼……對眼前這個毫無影響？

祂到底是什麼東西！

近在咫尺的臉孔勾起嘴角，笑意陰冷詭譎，漸漸地，模糊的血肉無聲凝結，露出蒼白五官。

是江綿。

百里認得這張臉，就在不久前，她親手終結了這條生命。

她明明已經魂飛魄散，怎麼會……怎麼會！

眼睜睜看著女孩逼近一步，百里壓下狂跳的心臟，如同抓住最後一根救命稻草，拿起身旁一把桃木劍。

這是她祖傳的寶物，百邪不侵，只要用上它，一定能制住這個不知天高地厚的小鬼。

女人渾身發抖，嘴角卻露出勝券在握的冷笑。當江綿緩緩靠近，她眼疾手快舉起木劍，毫不猶豫地縱劈下去。

尋仇又怎樣，怨靈又怎樣。

這麼多年過去，她獻祭了一個又一個小孩，剛開始每個人都拼命反抗，到後來，不都被順利獻給神明，成了她的墊腳石？

桃木劍破風而下，直直攻向江綿頭頂，眨眼間，百里的笑容怔然僵住。

沒有造成任何傷害，如同碰到空氣一般，桃木劍順勢往下，穿過女孩虛無縹緲的身體。

江綿看著她，歪了歪腦袋。

……這不可能！

心裡仍然存有一絲僥倖，近乎慌不擇路，百里拿起一堆驅邪符紙，用力向厲鬼砸去。

符籙紛飛，江綿站在正中央，笑得肆無忌憚。

下一刻，女孩臉色驟變，雙目淌出猩紅血淚，向她襲來！

——跑！

腦海中只剩下這個字，百里倉惶轉身，拔腿就跑，邁動雙腿時，突然感到脖子後方傳來一股寒意。

江綿在她身後，那脖子上這個……

可怕的猜想隱隱成型，她牙關顫抖，一點點、一點點朝著側頸挪動視線。

視線所及之處，是另一張模糊而慘白的臉。

這同樣是個女孩，雙手環住她的脖子，身體趴在她肩頭，與她四目相對，露出冷淡的笑。

剎那間，她的腦海裡轟然炸開。

這也是……曾經被她害死過的小孩。

她們不是都被獻祭了嗎？

前所未有的恐懼將她死死攥住，血液裡彷彿流動著冰碴，連動一下都萬分艱難。

百里又一次尖叫出聲，踉蹌著繼續往前狂奔。

怨氣如影隨形，耳邊笑聲不斷。

腳下的長廊彷彿沒有盡頭，她筋疲力盡，快要發瘋。

為什麼——

為什麼祂們不害怕法器和符籙？

為什麼偏偏讓她遇上這種事，偏偏是她受到折磨？

為什麼身邊的小孩越來越多……出現在走廊裡、轉角處，甚至她的後背？

一個個孩童的鬼影逐一浮現，其中一隻掐住她的脖頸。

窒息感如潮水湧來，百里掙扎抬頭，在不遠處，終於見到離開地下室的鐵門。

快了！馬上就能逃出去了！

女人喜出望外，好不容易生出一絲求生的希望，在一雙雙漆黑瞳孔的注視下，用力推開鐵門。

隨著吱呀一響，久違的白熾燈光映入眼底，百里如獲新生，幾乎要落下眼淚。

生路近在咫尺，女人興奮地咧開嘴角，急匆匆往前邁開腳步，不過轉瞬間，她神色一變。

如同顏料沾染了水漬，眼前的景象在須臾間迅速融化，變成另一幅地獄般的畫面——

還是那條熟悉的長廊，她站在廊道盡頭，身邊是一個個癡癡笑著的小孩。

她又回來了。

這是鬼打牆。

人生中最為絕望的事情，莫過於剛得到一點活下去的盼頭，唯一的希望卻在眼前陡然破滅，到頭來，發現全是一場空。

怎麼辦？

法器沒作用，符咒淪為廢紙，她如今只剩下——

驀地想到什麼，女人雙眼亮起，迅速轉身，跑向長廊中一處角落。

對了……她還能祈求神的幫助！

她的神無所不能，這些小鬼在祂面前，連最低等的蟲子都算不上。

毫不遲疑地，百里打開角落裡一扇鐵門。

推門而入，這是一間陰冷逼仄的房間。

房間裡沒有冗雜怪異的邪物，也沒有被塗抹在牆壁上的扭曲符咒，四下空蕩，唯有中央擺著一尊紅水晶製成的神像。

神像被紅布遮掩大半，只露出最下方裙擺一樣的觸手，在昏暗燈光下，無端散開幾分邪性的色彩。

這尊「神像」詭異至極，百里卻如同見到救星，踉蹌著撲上前，撲通跪地。

膝蓋與地面狠狠相撞，她卻並不在意，而是虔誠地俯身趴下，為神明奉上最為誠摯的敬意。

這是她最後的機會，女人一遍遍用力磕頭：「救救我，請您救救我！我是您忠誠的信徒……」

這麼多年過去，她為神明獻出一切。

好幾個孩子的性命，昂貴卻最符合神明身分的水晶神像，就連搬來這棟凶宅，也是為了用陰氣滋養她的神。

神一定會救她……對吧？

地下室格外寂靜，除了額頭落地的咚咚聲響，再無其他聲音。

忽地，她聽見一聲輕笑。

那是屬於孩子的、滿含譏諷的笑聲，冷得像冰。

百里顫抖著抬頭。

眼前還是那尊熟悉的神像，就在蒙著紅布的神像頭頂，慢慢地，爬上一個面目全非的小孩。

祂的臉色慘白如紙，雙眼則是極致的黑，沒有眼白，帶著令人毛骨悚然的笑意，一動也不動盯著她瞧。

而在她背後、手臂、大腿之上……

感受到刺骨的寒意，百里緩慢回過頭。

就在這間被供奉著神明的房間裡，曾被她害死的孩子們一個個按住她的身體。

彷彿要把她拉進地獄。

很快，她見到更令人驚魂喪魄的情景。

她的視線中，身邊的一切迅速腐爛，化作猩紅的血與肉——

牆壁，天花板，甚至她最為寶貴的神像，全都成了血色的肉塊。

整個世界只剩下觸目驚心的紅，不只如此，連她的身體也在慢慢爛掉。

起先是掌心上的肉一點點脫落，露出內裡滾燙的血液，緊隨其後，是手臂、胸腔和臉。

沒有人能在這樣的場景中保持理智。

極度的恐懼將她吞噬，百里終於無法忍耐，嚎啕大哭。

「錯了，我錯了！」無法逃跑也無法反抗，女人只能徒勞地大喊：「是我狼心狗肺，是我壞事做盡，求求你們，別殺我、別殺我！」

小孩的笑聲似奪命之音，始終沒停。

猝不及防，在她身後的走廊裡，響起一陣腳步聲。

她本以為又是什麼駭人的鬼怪，戰戰兢兢回過頭，沒想到，居然看見三道熟悉的影子。

是白霜行、徐清川和文楚楚。

「救我！」她不再管身為長者的威嚴，聲淚俱下：「這裡有鬼……快帶我出去！」

這三個年輕人一定會幫她。

他們被蒙在鼓裡，不知道她的真實目的，在他們眼中，她是個神通廣大、驅除邪祟的正派天師。

沒錯，他們一定會——

房間裡安靜了一秒，緊隨其後，是白霜行一聲輕笑。

百里愣住，心中湧起更加強烈的不安。

她……為什麼會笑？

「被嚇壞了嗎？」白霜行蹲下，低頭端詳她紅腫的眼睛。

與痛哭流涕的百里相比，她彷彿來自格格不入的另一個片場，乾淨、整潔、悠然愜意。

黑髮從她頸間垂下，像溫和的霧，也像危險的蛇。

百里不傻，聽她的語氣，當即明白其中貓膩：「是你們——！」

這不可能。

她被騙了？被從頭到尾蒙在鼓裡的其實是她？他們究竟知道多少，又做了什麼？

她……她怎麼可能被這群小孩耍得團團轉！

「這不是妳自己造成的結果嗎？」文楚楚氣不過，厲聲道：「殺害那麼多孩子，還口口聲聲說什麼『驅邪天師』，像妳這種人，才是世界上最應該被驅除的垃圾。」

「……被紅布蓋住的，應該就是神像吧。」徐清川扶了下眼鏡。很邪門。

當他看向神像時，一股冷意從腳底迅速攀升，通過脊骨直衝頭頂。

他經歷過兩次白夜，哪怕面對血肉模糊的惡鬼，也能保持一定程度的鎮定，然而此時此刻，卻下意識挪開目光，不再去看。

白霜行也皺了下眉。

與尋常鬼怪不同，眼前的神像雖然貌不驚人，但看向它時，能感受到從心底生出的抗拒與緊張。

就像一個能吞噬萬物的黑洞，一旦面對它，身體中的每滴血液、每個細胞都在叫囂著快逃。

這是一種難以言說的恐懼。

「看來，神今天不打算救妳了。」白霜行看了趴在地上的女人一眼，以及將她圍住的小鬼：「從今以後……每天睜眼的時候，妳大概都能看見祂們吧。」

術法能驅鬼，卻無法消除幻覺，無論百里如何掙扎，都不可能擺脫。

試想一下，在這之後的每一天，當她醒來、吃飯、走路……

無論何時何地，這些曾被她害死的孩子都會緊緊跟在她身旁，用空洞漆黑的雙眼看著她，對著她笑。

不僅如此，她眼前所見的一切事物都將變成血與肉，連她自己也化作腐爛的模樣——那將是如同置身於地獄，生不如死的生活。

既然百里執著於年輕時的相貌，不如送她這樣一份獨特的禮物。

「如果想讓祂們離開——」頓了頓，白霜行壞心眼地補充：「不停道歉懺悔的話，或許有用哦。」

女人聽完一愣，立馬繼續磕頭。

這一次，她不再對著那位端坐的神明，而是向那些慘死的孩子。

「這尊神像怎麼辦？」文楚楚打了個哆嗦，把注意力從紅布上移開：「這東西到底是什麼身分？居然要用人的魂魄來祭祀，我看是邪神吧。」

非常有默契地，沒人上前把紅布揭開。

百里身為邪神的信徒，都要把神像遮住，不敢直視祂的長相；他們三個全是外來者，一旦魯莽行事，說不定會惹上什麼難纏的詛咒。

白霜行點頭：「百里對祂除了敬畏，更多的是恐懼。」

說到這裡，她目光微動，在房間裡掃視一圈，繼而看向走廊。

經歷了不久前的混亂，走廊中胡亂倒著不少器具。

白霜行逐個望去，視線停留在一根鐵棍上。

與其留著這個禍害，不如一不做二不休，直接把它毀掉。

察覺到她的想法，時至此刻，監察系統〇五六終於忍無可忍：『你們鬧夠了嗎！』

毀了！它精心準備的劇情完全毀了！

三名主角都是涉世未深的愣頭青，本應被層出不窮的鬼怪嚇到面無血色——

這三個神情陰沉，渾身散發著反派氣息，把全片最大惡人當狗耍的傢伙是怎麼回事！

還有百里。

身為整部電影罪孽深重的幕後黑手，她的氣勢呢？壓迫感呢？毒辣的手段呢？

為什麼會變成一個不停磕頭求饒，看起來異常可憐的老人啊！

它承認，當宣布電影結束，看見三個挑戰者露出驚訝的神色時，它洋洋得意，心中的喜悅幾乎達到頂峰。

哪曾想到，白霜行不僅暗中做了小動作，還得到令它匪夷所思的技能。

現在連神像都要被砸毀，它氣得發瘋。

『我的劇本，我的電影……白夜是這樣給你們玩的嗎！』強忍著噴湧而出的怒意，〇五六冷笑一聲：『你們覺得自己很了不起是吧？然而事實是，按照現在的劇情發展，你們根本不可能通關。』

徐清川和文楚楚同時呆住。

『想要結束這場挑戰，只有兩個辦法。』感受到他們的錯愕，〇五六笑意更深：『一是你們齊齊死在這裡，白夜自動結束；二是澈底消滅江綿，成功通關。』

文楚楚不爽：「這算是什麼規定？」

監察系統遮蔽百里，挑戰者與系統之間的對話不會被她聽見。

『我說過，我們將要拍攝的，是一部有邏輯、有故事性的電影。』〇五六說：『按照劇情設定，江綿被百里害死，從而化作厲鬼。厲鬼不會思考，對所有人心懷殺意，尤其是拜入百里門下的你們。』

徐清川臉色漸沉。

『白霜行最初的計畫，是撕下畫紙一角，保留江綿的一縷魂魄，然後和她進行友好溝通，對吧。』〇五六有條不紊地闡述邏輯，語氣裡多出幾分得意。

『很遺憾地告訴你們，無論你們對她說什麼、做什麼，身為厲鬼，江綿永遠只會想把你們殺掉——在恐怖片裡，「用真情感化」這條路行不通。』它頓了頓，用半開玩笑的語調補充：『別和我說什麼白霜行的技能。在電影裡，你們只是三個普通人，不可能擁有白夜賦予的能力。』

也就是說，這是個死局。

只要江綿沒有魂飛魄散，他們三人就必須死去；他們想活，唯有除掉厲鬼這一條路可走。

『恐怖片嘛。』〇五六語氣悠哉：『主角和厲鬼總得死一個，不是嗎？』

一時間，房間裡的氣氛達到冰點。

文楚楚和徐清川雙雙噤聲，眼中生出茫然。

這樣一來……要怎麼辦？

他們好不容易打破那個糟心的結局，本以為能讓百里受到懲罰，護住江綿最後一縷魂魄，到頭來，還是躲不開白夜定下的「規則」。

房間一片死寂。

恰在此刻，有人在死寂中開口：「只要符合邏輯就可以了嗎？」

兩人不約而同抬頭，看向白霜行。

『對。不過再強調一遍，任何「感化」、「說服」的行為，全都是無效的。』〇五六不緊不慢道：『也就是說，在電影的設定裡，江綿絕不可能放棄對你們的殺戮。只要她還沒魂飛魄散，哪怕被封印起來，也會一直詛咒你們。』

它已經堵死所有出路。

〇五六好整以暇，等待著白霜行臉上即將出現的苦惱神色。

然而對方只是點了點頭，淡淡的表情沒有變化。

「既然規則沒有禁止，那這樣的邏輯應該行得通吧。」

許是站得累了，白霜行斜斜倚靠在門邊，說話時，舒展開精緻的眉眼。

她說：「打從一開始，我們見到的鬼魂、術法和陰陽交界……其實它們都不存在。」

文楚楚一愣。

徐清川呆住。

〇五六一下子沒明白她的意思：『什、什麼？』

「這不是很合理嗎？」白霜行說：「主人公們得了精神疾病、吃了致幻藥物，或是集體出現幻覺，從而看見一些常理無法解釋的現象，把它們誤以為是見鬼——」

她聳肩：「很多電影都這麼演的。」

沒錯。

只要是恐怖電影，想上映，絕對逃不開恐怖片的至高法則。

——恐怖片終極定律：鬼片裡，一定不能出現真正的鬼怪。

你問主角親眼見到的那些靈異事件？

不，那並非靈異事件，要麼是幻覺，要麼有人在裝神弄鬼。

『妳、妳在開玩笑嗎？』〇五六只覺得無比荒誕：『如果鬼魂不存在，妳怎麼解釋看到的一切？』

「有很多理由啊。」白霜行想了想：「你還記不記得，我們剛來的時候，在百里房間裡聞到很濃的薰香味？如果那種香能讓人產生幻覺，那這棟房子裡的人一起中招，不是理所當然嗎？」

〇五六：『……』

去你的理所當然！那只是很普通的薰香好嗎！這種劇情發展，觀眾怎麼可能接受啊！

「嗯……」文楚楚摸摸下巴：「有理有據，我被說服了。」

「而且運用了前後呼應的手法，觀眾們一定想不到，電影在開場就埋下一個巨大伏筆。」徐清川十分捧場：「妙啊！」

〇五六：『……』

你們組團來唬人的是吧？

『停停停！』它趕忙打斷：『那宋晨露呢？她沒聞過薰香，不也見到她奶奶了？』

「這個就更好解釋了。」白霜行說：「心理醫生不是說過嗎？她和奶奶的關係最為親近，奶奶去世之後，宋晨露由於太過悲傷，幻想奶奶仍然留在她身邊。後來進入四四四號，她也聞到了致幻的薰香，和我們一起陷入集體幻覺。」

……這都是什麼啊！

○五六乾笑一聲，竭力保持最後的冷靜：『筆仙呢？如果沒有鬼魂的操控，你們怎麼寫出那些字？』

「人如果長時間保持同一個動作，肌肉會無意識地顫抖，與此同時，我們對筆仙的恐懼形成心理暗示。」白霜行：「在心理壓力和肌肉壓力的雙重作用下，身體將不自覺開始活動。」

她思忖幾秒，接著說：「簡要概括一下劇情，就是我們三個來應徵天師弟子，受薰香影響產生幻覺。筆仙源於肌肉痠脹和精神錯亂，墓地供奉和鬼打牆全是幻象，試煉結束後，我們驚訝地發現，百里大師不僅是個騙子——」

白霜行瞟了仍在磕頭的女人一眼：「她還被封建迷信洗腦，對一個虛構的神明深信不疑，殺害許多無辜的孩子。」

○五六：『……』

這都是什麼劇情啊！變成法制宣傳片了是嗎！

「綜上所述，鬼魂自始至終沒有真正存在過，『我們被心懷怨恨的厲鬼追殺』這種劇情，也就不可能發生。」白霜行歪了歪頭：「這樣的邏輯……能解釋得通嗎？」

她話音落下，耳邊傳來叮咚一響。

『原來是這樣。』

旁白的語氣嚴肅且認真。

『一切都只是由幻覺生出的假像，所謂「鬼魂」，來自於百里的薰香。』

『想到這裡，你們大澈大悟：對啊，世界上怎麼可能有鬼呢？能混淆陰陽的，從來只有變幻莫測的人心。』

『破除封建迷信，從你做起，從我做起，從大家做起！』

『友情提示：如果有了與本片主人公類似的遭遇，千萬不要忘記報警喲。』

〇五六：『……』

冷靜。

它是白夜欽定的監察系統，必須保持應有的風度，無論遇到多麼離譜的事，都必須忍——這還怎麼忍啊！

〇五六頭一次出聲打斷旁白：『停！停停停！這是什麼劇情發展？它合理嗎，有邏輯嗎？你到底是哪一邊的？』

旁白沉默片刻，有些委屈：『還……還挺合理、挺有邏輯的。』

它的聲音小了很多，弱弱道：『你能找到她話裡不對的地方嗎？』

〇五六無話可說。

哪怕心裡有千萬個不願意，但它不得不承認，白霜行的故事線毫無漏洞。

沒有漏洞，就是合理。

『恐怖片《惡鬼將映》正式完結。』

耳邊迴盪著的旁白聲越發慷慨激昂，〇五六靜默無言，只覺得悲哀又滄桑。

時至此刻，它有點明白百里的感受了——怎麼偏偏選了這三個祖宗！

旁白還在繼續。

『本電影由「當數學來敲門」、「幸福一家人：不再寂寞的孤獨症患者」、「百家街短跑競賽實錄」、「防火防盜防迷信」四個部分組成。』

『一部優秀的恐怖電影，離不開演員的辛勤付出，感謝你的出演！』

——恐怖個毛線啊！看標題，這是哪個社區居委會拍攝的正能量勵志片嗎？

意識被氣得嗡嗡作痛，〇五六努力深呼吸。

突然間，它感到空間晃了晃。

不是房子……而是這整場白夜。

前所未有的危機感將它死死攥住，〇五六意識到一個無比嚴重的問題。

被白霜行這樣攪和，它的電影完完全全成了部反迷信、正能量的作品。

一旦連「鬼怪」這個最基礎的設定都被拔除，這場白夜挑戰，將失去存在的意義。

也就是說，它很可能就此崩潰。

白霜行不再和它說話，緩緩蹲下，看向近在咫尺的百里。

那張醜陋怪異的臉上滿是淚水，看神色，已經到了半崩潰狀態。

白霜行笑得溫和，修長的食指在空中輕輕一點。

動作靈巧輕快，像在彈鋼琴。

下一秒，百里神情大駭。

一條粗長的麻繩出現在她脖頸，她下意識屏住呼吸，伸手去拽，卻只摸到一團空氣。

幻覺沒停。

一道道刀痕憑空出現在她的手臂上，她的胸腔破開一個大洞，血肉翻飛，讓女人失聲尖叫起來。

在這時，百里終於明白了。

窒息、毆打、刀割，所有手段，都是她曾對那些孩子做過的事。

那些事情，她將永不間斷地、一遍又一遍地輪番體會。

冤有頭，債有主。

永遠沉淪在絕望與痛苦之中，這是白霜行為她特地打造的幻戲。

女人的哭嚎肝膽俱裂，同一時間，系統音突兀地響起。

『警報……警報！〇五六號白夜挑戰瀕臨失控……警報！』

門邊，目睹一切的徐清川呆若木雞。

白夜出現以後，他看過論壇，也聽過不少新聞。

有人死在白夜之中，有人在白夜裡得到超乎想像的寶物和技能，挑戰者們八仙過海各顯神通，但是……

能把白夜玩到澈底崩塌、瀕臨失控的，這還是頭一次。

文楚楚同樣有些恍惚。

這裡真的是白夜嗎？為什麼和網路上說的不一樣？氣急敗壞的系統、被玩壞的規則、無比絲滑甚至讓人想笑的通關體驗……這些是真實存在的嗎？

而且，聽著〇五六和百里走投無路的嚎哭咆哮……她居然覺得很爽很開心？

『等等！有機會、還有機會！』〇五六的聲音裡，破天荒有了幾分驚慌的顫抖：『江綿，我可以讓江綿立即現身，證明她確實存在。你們——』

話沒說完，它突然陷入沉默。

在現在的白夜裡，它完全感受不到江綿的存在。

「江綿啊。」白霜行：「我想想……江綿在哪呢？你真的能找到她嗎？」

意識轟然炸裂，〇五六再也說不出一個字。

江綿，被她帶走了。

這女人，打從一開始就是故意的。

故意編造鬼怪不存在的劇情，故意讓旁白承認她的邏輯，故意步步引導，就是為了——『無法檢測挑戰Boss，資料缺失……』

震耳欲聾的警報聲鋪天蓋地。

作為一部恐怖電影，鬼怪消失了，基礎設定沒有了，就連壓軸撐場面的大反派，都被別人撬牆角了。

它不完蛋，誰完蛋。

這場白夜挑戰，註定澈底消失，不復存在。

『自我修復失敗，本場白夜挑戰將自行銷毀……吡……警報！』

全完了。

〇五六惱羞成怒，再也沒有最初的悠然自得：『你們這群強盜、惡棍、混蛋！你們都要下地獄！』

「或許吧。不過——」白霜行眨眨眼，勾出淺淡的笑：「你和百里，能活著等到那個時候嗎？」

她說話時，文楚楚走到長廊裡，拿起根堅硬的鐵棍。

有點沉，冷冰冰的。

兩人對視一眼，文楚楚咧嘴笑笑：「那，我開始囉。」

「不……」在極度的恐懼中，百里奮力想要掙扎：「不可以！那是、那是神！」

文楚楚靜靜瞟她。

然後伸出左手，比出不屑的中指。

她等這一刻，已經很久了。

說她不講道理也好，仗勢欺人也罷，文楚楚只知道——

原來把我行我素的反派行為貫徹到底，是這麼舒爽的一件事啊！

白霜行後退一步。

下一秒，鐵棍被文楚楚舉起，向著那尊被紅布遮掩的神像，用力揮去。

唠擦一聲裂響。

水晶在燈光下幽幽閃動，被砸碎的瞬間，散發出五光十色、如夢似幻的亮芒，好似炸裂的星空。

百里的求饒與哭嚎被無限拉長，淪為電影的嘈雜背景音，與監察系統〇五六的咒罵一起，構成一場交響曲。

燈影明滅，信徒慟哭，碎裂的神像跌落塵土之中。

幻戲未歇，死去的魂靈癡狂低笑，編織出一座由血與骨構築的猩紅煉獄，被定格在最後一個鏡頭。

這是屬於《惡鬼將映》的落幕。

如同是對它的回應，警報聲再度響起，刺破無邊夜色。

『本場白夜自行銷毀倒數計時——』

『一百八十分鐘！』

白夜即將崩塌。

每場白夜都對應著一個監察系統，「惡鬼將映」全線崩潰後，〇五六也會被強制關閉。

它氣得咒罵不止，沒過多久，人間蒸發一樣銷聲匿跡。

身為監察系統，〇五六想必第一個遭到白夜的制裁。

「它這樣算不算是監管不力？」走出陰暗濕冷的地下室，文楚楚輕撫下巴：「也不知道有沒有懲罰。」

無論何時何地，面對他們時，〇五六總帶著強烈的傲慢與惡意，看它的態度，只想讓所有挑戰者儘早去死。

文楚楚很不喜歡它。

她一頓，好奇地看向白霜行：「對了，妳到底讓百里看到什麼？居然能把她嚇成那個樣子。」

之前白霜行使用完「共情」，與兩個隊友重新回到白夜以後，百里曾讓他們離開地下室。

在那時，三人把宋晨露平安送回家，並交流了白霜行與文楚楚得到的新技能。

文楚楚的技能叫「實體化」，顧名思義，就是能讓虛無縹緲的鬼魂擁有實體，在此期間，人類可以與之接觸，並對祂進行物理攻擊。

這是個比較有趣的技能，可惜她目前等級太低，每次只能持續五秒鐘，每天最多使用一次。

「慢慢進化唄。」文楚楚非常樂觀：「聽說積分能夠提升技能等級。」

至於白霜行，她留住了底牌，只說自己能創造幻覺，並與鬼怪溝通。

無論在任何人面前，她總是習慣多留一個心眼。

「總算清淨了。」時間回到現在，徐清川輕揉眉心。

「整部電影拍攝結束，代表挑戰完成——你們都能看到退出的選項吧？」

白霜行點頭。

在她腦海裡，懸掛著一個選項框。

『是否退出本次白夜挑戰？』

『是／否。』

「我也是第一次遇上這種事。」徐清川撓頭：「以前通關白夜的時候，是監察系統把我們直接送出去的。」

今天倒好，系統直接垮了，比他們更早退出。

這找誰說理去。

「離開白夜後，會進行結算。」徐清川知道她們是新手，耐心解釋：「表現越好，就能得到越多的積分，至於積分，可以拿去系統商城裡兌換各種道具。」

他說到這裡，意識到什麼，不好意思地推了推眼鏡：「……這些妳們都在網路上看過吧？」

他差點忘了，現在關於白夜的新聞鋪天蓋地，白霜行和文楚楚不可能對這種常識一無所知。

他一直嘮嘮叨叨，似乎有點多嘴了。

「更詳細的內容，我不是很清楚。」白霜行問他：「兌換有限制嗎？正常情況下，一場白夜結束，能得到什麼樣的道具？」

短短幾句話，就化解了徐清川的尷尬。

「有限制的！我們現在都是新手，總積分不多，只有一部分商城對我們開放。」徐清川說：「我上次摸魚過了一局，得到的積分不多，出去之後，能買到護身符和低級符籙。」

他們這次還算幸運，使用了百里的驅邪符。

在絕大多數白夜裡，別說天師，連道士和尚都很難找到，人們要想通關，必須全靠自己。

「你們現在要離開嗎？」文楚楚湊上前：「我有個大膽的想法，既然白夜裡符咒稀缺，我們能不能順手牽羊，薅一把百里的羊毛？」

白霜行搖頭：「我看過相關報導，白夜裡的東西，沒辦法被帶出去。」

文楚楚露出惋惜的神色。

「時候不早了，繼續留在這裡，也沒什麼用。」徐清川說：「要不然，我們走吧。」

文楚楚一刻也不想在這鬼地方多待，當即表示贊同。

白霜行：「你們先走，我稍後就出來。」

文楚楚一愣：「妳還有事？」

他們是第一次見面，懂得把握人與人之間的分寸。

文楚楚沒有深入去問究竟是什麼事，露出幾分擔憂的神色：「要不要我陪著妳？白夜雖然崩潰了，但鬼怪沒消失，還是很危險。」

白霜行笑了：「不用，謝謝。」

「啊，差點忘了這個！」文楚楚低下腦袋，從口袋裡拿出手機，打開備忘錄：「之前只存了手機號碼，你們聊天軟體的帳號是什麼？」

這場白夜的背景時間是十年前，他們來到這裡以後，只能像十年前的人們一樣，透過撥打電話進行聯絡。

畢竟在這個時候，聊天軟體還沒出現。

三人互相交換完聯絡方式，文楚楚長出一口氣，如釋重負。

「居然真的通關了，就像做夢一樣。」她拍了拍胸口：「我這次沒幫上什麼忙，多虧有你們兩個。」

徐清川臉一紅：「別別別，我就是個渾水摸魚的，這次能活下來，最應該感謝白霜行。」

那操作、那思考模式，堪稱絕無僅有，他恐怕一輩子都忘不掉。

白霜行溫聲：「在那條鬼打牆的巷子裡，如果沒有你們，我早被宋家奶奶拽走了。」

三人對視一眼，無言笑笑。

「希望以後還能見面。」文楚楚元氣十足：「好久沒這麼爽過了，砸碎神像的瞬間真痛快啊！」

「有機會的話，常聯絡吧。」徐清川扶住眼鏡，微微頷首：「能一起通關這場白夜，謝謝妳們。」

「那——」白霜行點頭：「再見。」

與徐清川文楚楚分別後，白霜行首先來到宋家。

之前宋晨露被他們安然無恙送回家裡，現在再去拜訪，女孩已經洗完澡，抱著兔子玩偶坐在床前。

身後的宋家夫妻對她千恩萬謝，白霜行擺擺手，敲響房門。

她之所以會來，是為了感謝宋晨露的奶奶。

當他們被困在江綿的畫裡，是老太太拚盡全力掙脫束縛，才讓他們找到脫身的道路。

宋晨露見到她，露出友善的微笑。

「今天被嚇壞了吧。」白霜行看向她懷裡的兔子玩偶：「奶奶怎麼樣了？」

為了保護宋晨露，玩偶曾在地下室裡變得四分五裂，現在被針線縫補起來，看起來有些可憐。

「……還在休息。」女孩靦腆低頭：「謝謝妳。」

白霜行笑：「我有件事情想和奶奶商量，妳能讓我見見她嗎？」

宋晨露眨眨眼，湊到兔子的耳朵旁邊，小聲說了幾句。

很快，一道模糊的人影出現在她身邊。

「您好。」白霜行笑道：「多謝您幫我們。」

宋家奶奶的怨氣沒有江綿強烈，並非不講道理的厲鬼，自從見到三人在地下室裡保護江綿後，對他們的態度親切許多。

老太太輕嘆口氣：「早些時候誤會你們，在巷子裡差點傷到妳……對不起。」

「您不知道內情，得知我們是百里的弟子，動怒很正常。」白霜行：「能和您單獨聊聊嗎？」

老太太思忖片刻，俯身對宋晨露說了什麼，女孩乖巧點頭，暫時離開房間。

於是臥室裡只剩下一人一鬼。

白霜行開門見山：「這裡並不是真實的世界，而是一場不斷輪迴，由意識構成的異度空間。」

在正常的白夜中，所有人禁止透露這個資訊。

但現在挑戰崩潰，監察系統不見蹤影，沒人能阻止她。

白霜行說：「由於出了點問題，這個空間即將損毀。您已經過世，意識沒有載體，一旦到那時候，很可能會直接消失。」

為了證明這段話的真實性，她點開腦海中的技能框，向老人傳送契約。

肉眼可見地，老太太神情一凝：「……露露呢？」

「事實上，外面的世界已經過去了十年。」白霜行笑笑：「她留在這裡的意識可能會消散，但她本人一定還活著。」

「妳想讓我簽下這份契約？」

「請不要誤會，契約並不會限制您的自由，只要您想，隨時都能解除。」白霜行頷首，神情真誠：「我只是覺得……您一定很想見見十年後的露露吧。」

老太太最終答應了。

她捨不得白夜裡的宋晨露，收下白霜行的契約後，留在臥室裡繼續陪著女孩，靜靜等待倒數計時的最後一秒。

離開宋家，白霜行揉了揉痠脹的雙眼。

江綿一直跟在她身邊，有感而發：「妳是個好人。」

白霜行笑：「好人？」

「如果是我，可能不會注意到宋奶奶。」江綿說：「妳能主動找到她，把她帶出去，很好。」

小孩就是小孩，誇起人來稚嫩又直白。

白霜行卻搖了搖頭：「畢竟我也不虧。」

之所以幫助宋家奶奶，一來為了報恩，二來，她自己也能從中獲利，得到一項鬼怪的技能。

這是雙贏的局面，更何況，白霜行不喜歡欠下人情。

她一向理性，凡事都拎得清。

「只剩下最後一件事了。」白霜行看向江綿：「去妳家看看吧。」

夜深。

百家街地處偏遠，一棟棟民宅破敗老舊。

現在天色已晚，不少人家熄滅了燈火，江家的小房子卻依然亮著燈。

電視開著，桌上是好幾個橫七豎八的啤酒瓶。一個男人坐在沙發，漫不經心抬起雙眼，望向客廳旁邊的小臥室。

臥室裡黑黢黢的，江逾不在裡面。

他把江綿賣給了四四四號的人，江逾對此一概不知，只知道妹妹放學後突然消失不見，哪裡都找不到蹤影。

對此，男人的回應是，他也不清楚江綿究竟去了哪裡。

就在今晚，江逾幾乎把百家街翻了個遍，不久前火急火燎又出了門，說要報警。

想到這裡，男人有些煩悶。

那兩個小兔崽子從來都不省心，淨給他惹麻煩，要不是他們太煩太吵，他哪會對他們動手。

報警是個麻煩事，不過問題不大。

百家街聚集了社會上的三教九流，治安管理十分混亂，發生過不少兒童拐賣事件。

他和四四四號的住戶毫無交集，「把女兒賣給術士做法」這種事情，正常人哪會想到。

至於報酬，對方給了一大綑現金，不可能被銀行查出資金流向。

男人不傻，短時間內不會用它。

想起那筆錢，他忍不住揚起嘴角。

現在時候不早，男人愜意地閉上雙眼。

他正思索著是否應該表現得更加焦急，和江逾一起尋找失蹤的女兒，寂靜夜色裡，忽然聽見有人在他耳邊說了兩個字。

「爸爸。」

那是他無比熟悉的嗓音。

頭皮忽地一麻，男人睜開雙眼。

很快，他就後悔了。

有時候，看不見反而是一種保護——

當他睜眼，視線所及之處，赫然是個鮮血淋漓、目光幽怨的小女孩！

這是江、江綿？

男人被嚇得驚呼一聲，滾落沙發摔倒在地，腦海裡出現的第一個念頭，是自己喝了太多酒，連幻覺都這麼逼真。

但很快，他意識到幾分古怪。

身上生出刺骨的涼意，身體像被浸在幽冷寒潭之中，如果是幻覺，不可能連溫度也一併改變。

「江綿？」男人聲音顫抖：「妳、妳怎麼變成——」

他沒有繼續說。

畢竟，是他親手將江綿交了出去。

當時四四四號的人沒有直言會把江綿帶去做什麼，只是含糊不清地告訴他，不要多問，不要多想，以後也不要試圖與江綿聯絡。

他猜出不會是什麼好事，應該和術士做法有關，但……管祂的呢。

他早就對兩個小孩煩透了。

此時此刻站在他面前的，明顯不是活人。

女孩雙目猩紅，淌出絲絲血淚，神色裡滿是怨毒的情緒，如同索命惡鬼。

……不，準確來說，她確實是已死之人的亡靈。

這是他從未見過的駭人景象。

一時間膽喪魂驚，男人哆哆嗦嗦說不出話，過了好幾秒鐘，才結結巴巴道：「妳、妳想幹什麼？」

江綿面無表情，上前一步。

蛇一樣的血絲從她身後探出，逐漸靠近男人的身體，後者心慌意亂，有生以來第一次感受到如此強烈的恨與殺意。

「妳會變成這樣，我也沒想到啊！」眼看血絲逼近，他倉惶後退一些：「四四四號那男的，他沒說要拿妳去幹什麼事，我真的不知情！」

江綿沒有回應。

血紅色的絲線交織纏繞，幽幽上湧，纏上他最為脆弱的脖子。

血絲收緊。

瀕臨死亡時，之前強裝出來的冷靜頃刻崩塌，眼淚不受控制地落下，男人聲嘶力竭：

「錯了……都是我的錯！妳要怎樣才肯放過我？」

他說完停頓一瞬，抬起右手，用力打在自己臉上。

一聲脆響，緊接著又是一聲。

血絲收緊的速度減慢許多，彷彿見到救星一樣，男人打得更加用力。

「我沒用、我惡毒，我只敢拿小孩子出氣……綿綿，看在我養妳這麼多年的份上，饒了我吧！」

江綿看著他，眼睛裡沒有情緒。

其實她並沒有做什麼，只不過以厲鬼的姿態出現在他面前而已。

說來可笑，曾經對著他們拳打腳踢的男人，見到她這副模樣後，變得像隻軟腳蝦。

她想起白霜行說過的話，無能、懦弱、一事無成，這才是她的父親。

她不必怕他。

耳光聲持續不知道多久，停下時，男人已鼻青臉腫。

他膽怯地看向江綿，就像曾經的江綿小心翼翼望向他一樣。

女孩靜默與他對視，良久，露出淺淡的笑。

緊隨其後，纏繞在他脖頸上的血絲用力絞緊。

距離白夜結束，還有兩個小時。

白霜行站在江家門前，聽見男人瀕死的哀鳴。

「白夜幻戲」三天內只能使用一次，她用來解決了百里，至於江綿的父親，留給女孩自己處理。

那男人不比百里，對陰陽術法一竅不通，江綿就算精疲力竭，遇上他，也不會占下風。

那聲慘叫響起後，江綿回到她身邊，沒過多久，街道上傳來腳步聲。

白霜行循聲看去，是哥哥江逾。

他找不到妹妹，急得滿眼通紅，因為太過疲累，瘦小的身體在喘息中劇烈起伏。

見到白霜行，江逾先是一愣，反射性開口：「請問，妳今晚見過江綿嗎？」

解決男人後，江綿沒剩下多少力氣，於是選擇隱匿身形，無法被常人看到。

聽見他的話，女孩飛快搖頭。

即便這裡只是一場虛幻的白夜，她也不希望哥哥得知自己的死訊，因為自己感到難過傷心。

白霜行猜出她的想法，沒有說出江綿已死的真相：「江綿？我不久前見過她，好像在——」

她目光微轉，抬手指向不遠處的小巷：「那邊。」

說話時，白霜行悄悄對江綿送去一個眼神。

女孩會意，順著她手指的方向小跑過去，身形隱入巷道的轉角。

「謝謝姐姐。」好不容易得到消息，江逾灰暗的眼底浮起亮意。

他心急如焚，正要走向巷口，意料之外地，望見一抹瘦小的影子。

穿著他熟悉的單薄上衣，從昏暗無光的巷道盡頭快步走來，相貌在月色下逐漸清晰——是江綿。

女孩看看白霜行，又望了江逾一眼，怯生生壓低聲音：「哥哥。」

「妳去哪了？我一直在找妳。」

江逾有些生氣，卻不忍心說出責怪的話，將妹妹從上到下仔細端詳一遍，確認沒有受傷，才鬆了口氣：「……沒事就好。」

「對不起。」江綿聲音很低：「我——」

她一頓：「我去朋友家裡玩。」

她已經死了。

這種話，她無論如何也說不出口。

白霜行安靜站在路邊，眼看小女孩一副快要哭出來的表情，突然出聲：「對了。」

兩個孩子同時看向她。

「和你們遇上這麼多次，也算有緣。今晚我本來打算和那兩個朋友去看電影，不過他們臨時有事，去不了了。」

她立在路燈下，腳底下是水一樣連綿流淌的燈光，有風拂過髮梢，撩起耳邊一縷垂落的黑髮。

白霜行笑了笑：「多出的兩個名額，你們想要嗎？」

現在時間很晚，夜場排片不多，因為帶著兩個小孩，白霜行選擇一部闔家歡的動畫電影。

親手捧起一桶散發著熱氣的爆米花時，兩個孩子露出新奇與期待的神情。

踏進電影放映廳，見到大螢幕的剎那，江綿更是輕輕「哇」了一聲。

江逾拘謹許多，第無數次向白霜行低聲道謝，在江綿身邊坐下時，身板挺得僵硬又筆直。

然後電影開始。

男孩一點點睜大眼睛。

原來這才是置身於電影院裡的感受。

四下黢黑，唯有中央的螢幕散出溫暖純淨的光源，把整個世界柔柔裹住。

當畫面徐徐展開，光怪陸離的色彩噴薄而出，為黑暗塗上層疊亮色，美妙而不可思議。

至少在這一刻，他感到了雀躍著的、鮮活的開心。

這場電影持續一個半小時。

劇情有條不紊地推進，直到畫面漸漸淡去，江逾才後知後覺地意識到，電影結束了。

恍惚間，他聽見白霜行的聲音：「這是你們第一次看電影嗎？」

江逾轉頭，應了聲「嗯」。

「喜歡嗎？」

男孩抿唇，覺得害羞，點了點頭：「謝謝姐姐。」

「那就好。」白霜行彎起雙眼。

她有一雙纖長鳳眼，瞳仁裡倒映了來自大螢幕的亮光，側頭看向他時，被光線描摹出精緻的側臉。

白霜行忽然說：「打過電動嗎？」

這句話問得毫無來由，江逾一愣，搖搖頭。

「去過外地旅遊嗎？」

還是搖頭。

「嗯——」白霜行偏了偏腦袋，黑髮順著脖頸垂落：「那你還有很多個第一次沒體驗過呀。」

江綿也仰起頭，聽身邊的姐姐繼續開口：「現在的生活也許不那麼令人滿意，但……只要努力活下去，一定能遇上更多的、更美好的際遇。」

生活不是電影。

在真實發生過的故事裡，江綿不明不白消失蹤跡，家中只剩下江逾和他們父親。

她無法想像在那以後，男孩究竟過著怎樣的生活，懷揣著怎樣的心情。

……大概是萬分絕望的吧。

哪怕眼前的孩子只是一抹意識，像這樣告訴他，既能給他一點微不足道的安慰，也能了卻江綿的心願，讓她和哥哥好好道別。

「你想想看，第一次離開家鄉，第一次走入大學，第一次去電玩城，第一次談戀愛，還有——」她垂下睫毛：「第一次，和想要見到的人重逢。」

江逾怔住。

「只要好好活下去，一定能再見面。」白霜行揚起嘴角，摸了摸江綿的腦袋：「綿綿，妳說是吧？」

不知怎麼，女孩的眼眶暈開一抹薄紅。

「……嗯。」江綿說：「一定可以的。」

白霜行揚唇笑笑。

「不只看電影，未來許許多多的第一次，都是值得期待的事情。」她抬起頭，望向不遠處的螢幕畫面：「電影，快結束了。」

下意識地，江逾隨她的目光轉過頭去，看了巨大的螢屏一眼。

他還想說什麼，再回頭，卻只見到兩張空空的椅子。

沒有人。

空蕩的放映廳裡，只剩下他自己。

剛才發生的一切，像場虛無縹緲的夢。

故事來到結局，畫面淡去，耳邊響起悠揚婉轉的背景音。

螢幕上色彩融散，徒留一片漆黑，緊隨其後，緩緩浮現出三個白色大字。

——全劇終。

第九章　奶奶

脫離白夜時，白霜行恍惚了一剎那。

渙散的意識逐漸重組，在她的腦海中，浮起一行行小字。

『恭喜通關本次白夜挑戰！』

『由於監察系統暫時離開，接下來，將由白夜主系統為妳進行積分結算……』

『姓名：白霜行。』

『主線任務完成度：百分之百。』

『獲得五積分。』

『支線任務完成度：百分之百。』

『獲得兩積分。』

『本場白夜共四條主線分支，挑戰者四次被評為貢獻度最高，額外獎勵四積分。』

『獲得積分總額：十一。』

『感謝與妳共度的美妙旅程，期待下一次相見！』

白霜行：「……」

坦白說，她對積分沒什麼概念，逐字逐句看下來，視線凝固在最後一句話上。

美妙旅程。

就，沒想到不只是人，連系統也能像這樣普通且自信，自我感覺良好爆表。

還有那句「期待下一次相見」，看起來毫無期待可言，只讓人覺得像驚悚的詛咒。她心中腹誹，再眨眼，回到了電影院。

並非百家街裡的那個，而是她進入白夜之前，和朋友一起去看恐怖片的地方。

現在想想，她打算看的電影名叫《見詭》，結果好巧不巧進入白夜，親眼見到了數不清的邪祟鬼怪，堪比沉浸式 4D IMAX，還挺應景。

身邊有人低呼一聲：「妳終於回來了！」

白霜行抬頭。

白夜與現實世界的時間流速不同，白夜中過去一天一夜，等同於現實裡的一個小時。

他們完成三項試煉，總共用去三天，出來以後，時間只過了三小時。

現在《見詭》播放結束，放映廳內空空蕩蕩，只剩下白霜行，和另一個與她年紀相仿的女生。

女生燙了頭大波浪捲髮，帶著幾縷酒紅色挑染，皮夾克牛仔褲，五官精緻且艷麗。

此刻她看著突然出現的白霜行，平日裡冷淡的神色消退殆盡，露出欣喜與釋然。

見到熟悉的朋友，白霜行瞬間放鬆許多：「沈嬋。」

沈嬋腳踩馬丁靴，噔噔噔靠近她身邊，從頭到腳鉅細無遺檢查一遍：「妳有沒有受傷？一定被嚇到了吧？腦袋疼不疼？胸口呢？四肢呢？真是的，怎麼會遇到這種事？要不要去醫院看看？」

白霜行笑得無可奈何，抬手做投降狀：「沒事，不用擔心。我們順利通關了，沒遇到大問題。」

她環顧四周，心覺奇怪：「過去三個小時，這間放映廳還沒到下一場電影的排片嗎？怎麼黑漆漆的。」

「都有人被捲進白夜了，誰還敢待在這。」沈嬋嘆氣：「你們三個一消失，放映廳裡頓時亂成一團，吵的嚷的尖叫的，人全跑出去了——那場景，跟短跑競賽似的，刺激。」

白霜行噗嗤笑出聲：「那妳還留在這等這麼久？」

「我對短跑競賽不感興趣。」沈嬋雙手環抱胸前，繼續打量她的身體情況：「不久前妳的兩個隊友回來，沒見著妳，把我嚇了一跳。」

後來經過兩人的解釋，她才知道白霜行不僅活得好好的，還讓監察系統直接陷入自閉狀態，順帶把白夜挑戰玩崩了。

如果是別人聽見這種事，一定會覺得匪夷所思、不敢相信，沈嬋卻只是怔忪幾秒，然後欣慰地勾起嘴角：「她一直很厲害。」

經歷一場無比驚險的生存挑戰後，回頭發現仍有人等著自己，無疑是件讓人開心的事情。

疲累的神經舒緩許多，白霜行揚唇笑笑：「辛苦妳久等了。」

「妳沒事就好。」沈嬋挑眉：「現在餓不餓？辛苦這麼久，我帶妳吃頓大餐。」

她說著打開手機，開始尋找適合的晚餐地點：「至於妳，等一下仔細說說到底是怎麼把白夜玩壞的。我在網路上看了那麼多通關心得，還沒人能做到妳這種程度——不錯，有面子，不愧是我們霜霜。」

沈嬋就是這脾氣，平時看起來生人勿近，只要說起感興趣的話題，嘴就停不下來。

白霜行耐心等她搜尋餐廳，目光一動，看向腦海中的系統面板。

技能「神鬼之家」發動後，能與鬼怪成為家人，並將其帶出白夜。

和她簽訂契約的鬼魂目前有兩個，分別是江綿與宋家奶奶。

離開白夜後，在她們姓名框的右下角出現新的選項。

『召喚。』

『正常情況下，家人處於沉眠狀態。使用「召喚」，可將家人喚醒，令其來到身邊。』

『注：為確保挑戰平衡性，若進入白夜，每場只可召喚一位家人。無論白夜內外，被召喚的家人都無法使用自身能力。』

也就是說，當她置身於白夜之外，能讓鬼怪們隨時出現。

禁止鬼怪使用能力這一點不難想到，畢竟祂們實力太強，如果不加以限制，世界一定會亂。

江綿在白夜裡耗盡力氣，看完那場電影，身形虛弱得快要飄散。

現在她的名字後面的狀態列是「重傷沉睡」，白霜行決定不去打擾，給小孩一點休憩的時間，用來恢復精力。

再就是宋家奶奶。

她與老人簽訂契約後，得到了名為「守護靈」的技能，能抵禦一次惡鬼襲擊，最多保護五個人，每三天可使用一次。

老太太為了救下宋晨露，險些被江綿畫裡的力量撕碎，離開白夜後，狀態也不算太好。

不過她的狀態列是……

「急切」？

白霜行一怔，很快明白其中含義。

她之所以能說服老太太，是因為答應帶著對方去見十年後的宋晨露。

在這個世界上，如果還有什麼人能讓這位怨靈產生情緒波動，那一定是她的小孫女。

「對了。其實——」把注意力從技能面板挪開，白霜行看向沈嬋，摸摸鼻尖：「還有件事，我沒告訴妳。」

五分鐘後。

闃然的電影放映廳內，沉默蔓延。

沈嬋一動也不動，看著近在咫尺的白霜行。

以及靜靜立於白霜行身邊，身體半透明的白髮老太太。

沈嬋：「……」

沈嬋：「欸——？」

等、等等。

所以白霜行是把白夜裡的鬼魂帶出來了？這是可以的嗎？讓系統崩潰就已經夠狠了……居然還能薅這種羊毛？

如果她是這場白夜的監察系統，大概也會被氣得半死不活。

「事情就是這樣。」白霜行簡要說完前因後果：「因為技能的原因，我把這位奶奶帶離白夜了。」

她對文楚楚和徐清川存有一定戒心，面對沈嬋，很多事情不會藏著掖著。

這是對多年好友應有的信任。

沈嬋沒說話，望向身前的老太太。

老太太也看著她。

身為鬼魂，她知道自己的模樣很可怕。

臉色慘白，面如死灰，一雙眼睛空洞如泥潭，令人心生畏懼。

想到這是白霜行的朋友，宋家奶奶努力表現出友好的態度，嘴角微動，露出和善笑臉，只希望不要嚇到對方。

半晌，沈嬋開口。

「您好。」她說：「不好意思，這是我第一次見到鬼，有點激動……您就是傳說中的厲鬼嗎？我記得這個鬼種不常見吧？幸會幸會。」

老太太：「……」

好像，完全不用擔心會嚇到她。

「這裡是江安市中心，到百家街，需要幾個小時的車程。」白霜行說：「現在太晚了，等明天中午，我再帶您回去尋找露露。您覺得可以嗎？」

老人不知想到什麼，神色微動：「其實——」

她低聲道：「露露的爸媽一直在江安工作，我過世以後，曾經聽他們說過，兩人在江安貸款買了房子，要把露露接去一起住。」

女孩從小和奶奶一起生活，老人出事後，百家街沒人能繼續照顧她。更何況那條街道一向不太平，出了不少兒童失蹤的惡性案件，父母關心宋晨露，肯定會把她接到身邊。

那一家三口，很可能就在江安。

白霜行心下一動。

不明緣由地，也生出一些期待：「您還記得那棟房子的地址嗎？」

天色漸暗，時至傍晚。

高天社區位於江安市邊緣，四周一派寧靜。白霜行來到社區門口時，太陽恰好落下西山。

這個社區面積不大，多數是上了年歲的舊公寓，看起來並不富裕，但比起混亂不堪的百家街，已經稱得上安寧祥和。

有幾家住戶正在做飯，居民的笑聲、談話聲與炒菜時劈里啪啦的聲音交融混雜，勾勒出濃郁的市井家常氣息，行走於其間，讓人心情愉快。

宋家奶奶記得門牌號，領著她和沈嬋一路往前。

來到目的地時，許是因為近鄉情怯，老太太特地隱去身形，不讓人輕易看見。

白霜行與沈嬋對視一眼，抬起手敲響防盜門。

平心而論，她也覺得忐忑不安。

時間過去這麼久，或許一家三口早就搬去別的地方。她們滿懷期待來到這裡，如果開門見到一個陌生人，從此失去宋晨露的聯絡方式……

白霜行沒往下想。

時間一分一秒過去，樓梯口寂靜無聲。

忽然，門把手被人從屋裡按下，發出咔擦輕響。

白霜行聞聲抬眸。

防盜門徐徐打開，屋子裡的燈光描摹出對方五官輪廓。

那是個大學生年紀的年輕女孩，圓眼細眉，長相清秀。

一瞬間，就讓她想到那個抱著兔子玩偶的小女孩。

「妳好。」暗中鬆了口氣，白霜行友好地揚起嘴角：「我是——」

出乎意料地，年輕女生只是怔忪看著她，像見到某種意料之外的事物，徒勞地動了動嘴，卻沒發出聲音。

須臾，對方開口：「白霜行？」

不只沈嬋，連白霜行本人也愣住。

「嗯？」沈嬋疑惑：「妳們認識？」

白霜行只想搖頭。

在短短幾秒鐘之內，她迅速回憶自己的人際軌跡和交友圈，得出的結論是，她絕對沒見過眼前的人。

——前提是，排除在白夜裡的那段經歷。

透過長相判斷，毫無疑問，眼前的女生就是宋晨露。

然而在現實生活裡，白霜行和宋晨露毫無交集。

「真的是妳。」宋晨露的驚訝不比她少，滿臉錯愕：「怎麼可能？已經過去十年，妳為什麼一點都沒變……」

十年前……

眉心重重跳了跳，透過對方支離破碎的言語，白霜行生出一個念頭。

一個荒誕的念頭。

「妳之所以知道我的名字，」她試探性開口，「是因為……十年前曾經見過我？」

此話一出，身邊的沈嬋錯愕頓住。

宋晨露躊躇幾秒，點了點頭。

「爸媽還在上班，屋子裡只有我一個人。」她後退一步，讓出一條進門的道路：「進來吧。」

「……等等。」沈嫿揉了揉蓬鬆的捲髮：「妳們兩個十年前相遇於百家街，這不是只在白夜裡發生過的劇情嗎？如果宋晨露連這種事情都記得，那豈不是——」

她皺起眉頭：「白夜影響了現實？」

宋家的房屋比之前那棟寬敞些，深棕色沙發，淺褐色長桌，白霜行和沈嫿坐上沙發，聽宋晨露講述來龍去脈。

「十年前，我做了場夢。」她為兩人分別倒上一杯水：「夢裡奶奶去世，魂魄住在布娃娃裡，陪在我身邊；後來，有三個年輕人前來驅鬼。」

白霜行點頭：「我今天剛進行過一場白夜挑戰，背景是十年前的百家街，我有兩個隊友，叫徐清川、文楚楚。我們去妳家驅鬼，結果被妳奶奶趕走，後來在四四四號見到妳。」

宋晨露的表情愈發凝重：「和我夢裡的情節一模一樣。」

她說著抿了下唇，遲疑道：「其實，我總覺得那不像夢。那段記憶太真實了，完完全全是我的親身經歷，但我之後去問別人，都說那些事情沒發生過。」

就連「白霜行」這號人物，街坊鄰居也聲稱是子虛烏有。

白霜行：「妳爸媽呢？他們還記得嗎？」

「他們的情況更加奇怪。」宋晨露說：「當我談起奶奶的魂魄和你們三個，爸媽都說，自己也做過差不多的夢。但他們和我不一樣，我記得特別清晰，他們的記憶卻是模模糊糊，和普通的夢沒什麼差別。」

資訊量太大，身為局外人，沈嬋有點傻眼。

「總結一下，也就是說。」沈嬋道：「白夜和現實世界重疊，在白夜裡發生的事情，有可能成為真實人類的記憶。」

白霜行「嗯」了一聲。

「不是有一種說法嗎？白夜是意識的集合體。」她說：「在白夜裡，有一位怨氣深重的厲鬼作為意識主體，除祂之外，還有許多人微弱的腦電波存在。如果不發生意外，這些意識會一直儲存在白夜之中，但這次──」

沈嬋了然：「白夜崩潰了。」

白夜崩潰，眾多意識無處可去，只能回到每個人的腦海中。

所以，宋晨露記得當時發生的一切。

「至於妳的父母，他們在白夜中參與度不高，就算意識回籠，也只會留下零星的印象。」白霜行繼續分析：「所以對他們來說，那段經歷像一場做了就忘記的夢。」

「但你們是今天完成白夜，他們的意識卻回到了十年前。」沈嬋想不通：「這要怎麼解釋？」

白霜行搖頭。

白夜的存在本就是個謎，如果非要讓她說出猜想，或許是因為白夜獨立於現實之外，不受現實世界中時間的影響。

所以十年前的意識，它能直接還給十年前的人。

事實上，白夜與現實的時間流速確實不一致。

這樣的話……

白霜行：「住在四四四號樓的一男一女，妳知道他們怎麼樣了嗎？」

宋晨露點頭：「他們瘋了。」

「就在那晚，凌晨的時候，男人瘋瘋癲癲跑到大街上，聲稱有鬼想殺他。」想到晦氣的事情，宋晨露打了個哆嗦：「女人的情況更恐怖。她哭哭啼啼，要麼勒自己脖子，要麼用刀割自己的手，要麼趴在地上瘋狂磕頭，嘴裡一直說對不起。」

白霜行目光微沉，聽她繼續說。

「警察去搜他們的住處，發現裡面有古怪的祭壇，還有失蹤小孩的衣物和血。被警察帶走後不久，他們死在監獄裡，聽說是自殺，死狀特別慘。」

果然是這樣。

既然所有意識都會回到主人的身體，作為「惡鬼將映」裡的重要角色，百里和房東一定記得發生過的事。

不僅如此，白霜行留在百里腦海中的幻覺，也對她造成了很大的影響。

一旁的宋晨露咽了口唾沫：「還有江家的叔叔，他大半夜突然上吊……這些事發生以後，我爸媽整天提心吊膽，很快把我接到江安來了。」

她說完，略顯忐忑地看向白霜行：「就是這樣。」

宋晨露前前後後說了不少，涵蓋著難以想像的巨大資訊量。

客廳裡出現短暫的沉默，每個人都在一點點消化它們，嘗試捋清背後蘊藏的線索。

「一旦白夜崩潰，裡面的意識就能與現實發生交匯，影響現實世界。」沈嬋斜斜倚在沙發上，語氣冷淡，微微蹙眉：「這不是和時間穿梭一樣？如果被更多人知道，會不會惹出大亂子？」

宋晨露小聲：「但是……應該沒什麼人能再讓白夜崩潰吧，這種機率太小了。」

白夜出現這麼久，所有人在死亡線上掙扎求生。

在絕大多數人眼裡，要想勘破規則，令系統的邏輯陷入混亂，完全是不可能的事情。

「嗯。」白霜行說：「這次的挑戰模式是電影，我算投機取巧，卡了個bug。」

最重要的是，多虧有「神鬼之家」這個技能。

宋晨露看她一眼，和小時候一樣，靦腆地笑了笑。

「一直沒來得及說，謝謝妳。」她輕聲開口：「我記得那晚發生過的事情，如果不是你們，我一定會被鬼怪吃掉。」

告訴她一切只是鬼屋排練、在危機時刻抱著她逃跑，對於他們而言，或許只是一句話、一個動作的小事情。

然而在那個膽怯的、世界觀尚未成型的小孩眼中，這些是無比珍貴的善意。

她說到這裡，眸底浮起一絲悵然：「我們的記憶能回來，那些鬼魂的意識……它們去了哪裡呢。」

一定慢慢消散了吧。

白霜行對上她的目光：「妳在想奶奶？」

「怎麼會不想。」宋晨露笑：「妳知道，我是被奶奶帶大的。」

小時候家裡很窮，爸爸媽媽常年見不到面，只有老人陪在她身邊。

她想要玩具，奶奶親手做了一隻兔子娃娃；她羨慕同學們能去各式各樣的餐廳吃飯，奶奶便成天待在廚房裡，研究不同口味的飯菜。

就像擁有能滿足她一切願望的魔法。

來到江安生活以後，某天散步時，她臨時找了一家小餐廳吃晚飯。

那家餐廳做出的食物又乾又澀，根本算不上美味，可魚香茄子的味道與奶奶煮的有七分相似，所以當同伴們抱怨連連時，只有宋晨露忽然覺得特別開心。

在那以後，她去了很多很多次，每次都會點魚香茄子，吃很多很多碗。

「妳看。」宋晨露側過頭，從沙發上抱起一團雪白：「它也在這裡。」

那是老人親手為她做的毛絨兔子，被保養得很好，漂亮又乾淨。

宋晨露垂眼，摸了摸它的耳朵。

每次回想起那個古怪的夢，她都會心生羨慕。

她當然害怕鬼怪，但如果可以選擇的話，宋晨露希望世界上有鬼魂的存在。

如此一來，他們就能和逝去的人再次相見，而不是像現在這樣，死了就是死了，什麼也不剩。

沒人開口說話，室內很靜。

有風拂過窗臺，撩起窗簾一角，發出呼啦輕響。

忽然，宋晨露愣住。

——當她輕輕摸過兔耳時，不知是不是錯覺，那雙雪白的耳朵動了一下，蹭過她的指尖。

就像那場發生在白夜裡的夢一樣。

在夢中，每當她感到傷心難過，附身在玩偶裡的奶奶都會抱一抱她，緩緩晃動兔子耳朵。

窗臺上的風鈴叮叮作響，鈴音宛轉悠揚。

終於意識到什麼，宋晨露猝然抬頭。

奶奶總是溫和又慈祥地笑。

最後一次見面那天，她被怪病折磨得痛苦不堪，在床上哭個不停。

奶奶手忙腳亂，一遍又一遍摸著她的頭：「不哭不哭，奶奶馬上去取藥。等我回家，做好吃的給露露。」

她頭昏腦脹，含含糊糊地答：「要吃魚香茄子。」

「嗯，做魚香茄子。」於是老人笑起來：「那露露不哭了，好不好？」

她當時明明回答了「好」，此時此刻，眼淚卻止不住地往下落。

風鈴無風自響，窗外街燈亮起，夜色漫流，萬籟俱寂。

眼前是一張白髮蒼蒼，只會在夢中出現的臉。

宋晨露嘴唇微張，輕輕叫她：「……奶奶？」

第十章　臉紅

老太太最終留在宋晨露的兔子玩偶裡。鬼魂不像活人一樣擁有身體，絕大多數時候，都要透過沉眠的方式積蓄力量，讓自己不至於消散。

這恰好符合老人的心意。

宋晨露已經長大，不會再像小時候那般時時刻刻離不開她。女孩擁有屬於自己的人生，而她作為奶奶，只需要靜靜守護在小孫女身邊，偶爾陪宋晨露說說話就好。

家人久別重逢，白霜行很有自知之明，知道與其像個傻瓜似的打擾人家敘舊，不如及時告辭，為宋晨露和奶奶留出私人空間。

「要走了嗎？」宋晨露抹去眼角淚珠：「不好意思，讓妳們見到我這副模樣……真的、真的非常感謝。」

奶奶是在為她買藥的途中出了車禍，直到現在，她仍然會做與之相關的噩夢。

每每深夜驚醒，總是淚流滿面。

宋晨露從沒想過，自己有朝一日能再次見到奶奶。

「不打擾了，今晚妳和奶奶好好說說話吧。」白霜行溫和笑笑：「以後如果能得到滋養靈魂的道具，我會送妳一些。」

離開宋家，天色已經全黑。

沈嬋心情不錯，伸了個懶腰：「我們小白同學還是這麼助人為樂啊。」

她目光一轉：「對了，妳不是還帶回來一個小妹妹嗎？」

之前在電影院裡，白霜行曾向她簡略闡述過白夜裡的來龍去脈，沈嬋大概知道江綿的經歷，對她有些好奇。

「她還在休息。」

白霜行打開系統畫面，看向江綿的人物欄。

狀態變成了「虛弱休憩」，比之前好上許多，說明江綿的身體情況慢慢恢復。

「鬼魂能不能吃飯？」沈嬋說：「我們的犒勞大餐還沒吃，如果可以的話，帶她一起唄。」

白霜行很認真地想了想。

當時她帶著江綿、江逾去電影院，買了爆米花給兩個小孩，江綿似乎……吃過一些。

白霜行決定問一問江綿的意見。

小朋友第一天跟著她回家，她總得盡地主之誼。

嗯……以及告訴那孩子一個好消息。

點下「召喚」，系統很快給予回應。

『正在向「江綿」傳送召喚請求……』

『叮！請求已被接受！』

叮聲響起，白霜行眼前漸漸凝出一道瘦小的人影。

江綿穿著那件單薄上衣，馬尾輕輕一晃，抬頭看向她時，眼中有緊張，也有新奇和期待。

白霜行指了指自己身邊的人，放柔語氣：「綿綿，這是沈嬋姐姐，我的好朋友。」

忽然之間來到現實世界，江綿怔愣幾秒，等逐漸適應，仰起腦袋看向沈嬋。

這個陌生的姐姐，好像不太喜歡她。

沈嬋有凌厲美豔的長相，加上紅髮挑染，身穿皮夾克，一旦不說話也不笑，用其他朋友的話來講，很像是討債的大姐大。

自從見到江綿，她就一直緊鎖著眉頭。

小厲鬼的氣勢被狠狠壓了一頭。

江綿：「姐……姐姐好。」

沈嬋神情冷冽，朝她靠近一步。

……過來了，不太高興的樣子。

江綿攥緊衣袖，緊張得說不出話。

是因為討厭鬼魂嗎？還是被她的長相嚇到了？

厲鬼的模樣與常人不同，瞳仁漆黑且大，很少出現明亮的神采；渾身上下毫無血色，如同糊著一張慘白的紙，單薄又嚇人。

不管是誰見到，都會覺得反感吧。

江綿避開對方直勾勾的視線。

下一秒，就聽沈嬋劈里啪啦開始吐字：「老天，怎麼會這麼瘦？還有臉上，那道疤疼不疼？這件衣服什麼時候買的？線頭都快成精了。這麼養孩子，妳爸是什麼品種的頂級腦殘人渣，我如果見到他——」

說到一半，忽然意識到語言過激。

沈嬋停頓剎那，從嘴角勾起一抹笑：「算了不說他。今晚我們去買幾件新衣服，怎麼樣？」

厲鬼小朋友目瞪口呆。

「妳別嚇到孩子。」白霜行笑著將她拉開，看向江綿：「沈嬋這人有點媽媽屬性，總愛操心，妳習慣就好。」

她說完正色，表情認真：「不過，確實得買幾件新衣服。」

普通的鬼魂無法被觸碰，但江綿身為高階厲鬼，能利用強大的怨氣化出實體。

不愧是白夜 Boss 級別的鬼怪，擁有穿衣自主權。

「不、不用。」江綿連連擺手：「我身上這件還能穿，不用浪費錢。」

「這哪是浪費錢。」沈嬋：「小孩就應該好好打扮，別聽妳那摳門的傻——」

又一次意識到接下來的詞語不大文雅，沈嬋及時停住。

白霜行適時接話：「別聽妳那摳門傻爸爸說的話，衣服舊了，總是要換的。」

她們跟說相聲似的，把小女孩唬得一愣一愣。江綿拗不過，只好乖乖點頭。

「還有。」沈嬋將她從上到下打量一遍，挑了下眉：「我們的厲鬼小朋友，能吃東西嗎？」

江綿能進食。

據她所說，用怨氣化出實體後，吃進肚子裡的食物都會被怨氣吸收。

身為厲鬼，江綿的眼睛和常人不同。

她的性格內向害羞，不好意思大庭廣眾出現在商場裡頭，白霜行便順手買了個兒童墨鏡，戴在她臉上。

「好看。」白霜行摸摸她的側臉：「小明星。」

馬屁拍得真誠，江綿哪曾聽過這樣直白的誇獎，臉上的紅暈一直擴散到耳朵根。

沈嬋選了家口味清淡的日式料理餐廳，由於燈光昏暗，哪怕摘下墨鏡，也不會有人注意到江綿的眼睛。

女孩第一次來到這種地方，因為侷促，脊背挺得筆直，像根小小的竹子。

「有什麼想吃的嗎？」白霜行把菜單放到她面前，為她取下墨鏡：「或者，有什麼忌口的？」

沈嬋不忘提醒：「小孩子不能吃重鹽重辣的食物。」

江綿小聲：「我都可以，謝謝姐姐。」

直到現在，她仍然有些恍惚。

在白夜裡生活了那麼久，她早就被仇恨和憎惡吞沒，每日每夜想著復仇。

那是一片滿含血污、腥臭難忍的煉獄，怨靈嚎哭，血霧瀰漫，不存在一絲一毫希望。

而此刻，身邊是溫潤如霧氣的柔軟燈光，有音樂和笑聲從不遠處傳來，伴隨著食物的淡淡香氣，讓人無比安心。

「還記得宋晨露和她的奶奶嗎？」白霜行說：「我們今天拜訪宋家，知道一個好消息。」

小孩心下一動，抬頭時，恰見她露出淺淡笑意：「現實中的宋晨露，記得白夜裡發生過的事情。」

她的嗓音婉轉乾淨，珠落玉盤般響起，格外清晰。

江綿一怔，緩緩睜大眼睛。

「也就是說——」白霜行垂下眼睫，一字一頓告訴她：「妳哥哥，一定也記得你們一起看的那場電影。」

她說罷一笑：「想去見見他嗎？」

「今天週六，明天週日，我們剛好不上課。」沈嬋道：「從江安到妳的家鄉，大概需要幾個小時的車程，我們可以——」

一句話來不及說完，沈嬋猛地頓住，聲音迅速壓低：「等⋯⋯別別別哭啊！而且眼淚為什麼是紅色的啊！」

白霜行扯出幾張紙巾，輕輕為江綿擦去臉上的淚珠。

小朋友哭起來是掉金豆豆，江綿作為厲鬼，淌下的卻是兩行血淚。

她咬著下唇，不讓自己哭出聲音，聽見沈嬋的話，茫然地抹了抹右眼。

見到滿手猩紅血漬，江綿一時間沒反應過來，被嚇得打了個哭嗝。

能被自己嚇到的厲鬼，這大概是頭一個。

「時間過去這麼久，不知道他還在不在百家街。」白霜行笑笑，幫她把血漬擦拭乾淨：「不過，既然把妳帶了出來，我會竭盡全力幫妳找到他。」

女孩無言張口，想說什麼，卻沒發出聲音。

半晌，江綿對上她的視線，眼中仍然布滿黑氣與血絲，目光卻是澄澈安靜：「姐姐，謝謝妳。」

被這樣認真而誠摯的眼神注視，白霜行破天荒地一怔。

沈嬋看出她的怔忪，壞心眼地笑起來：「霜行姐姐人不錯吧？」

江綿又一次用力點頭：「把我從白夜帶出來，幫我尋找哥哥……姐姐很好。」

沈嬋笑得更歡樂，湊近江綿耳邊，聲音不大，卻十分清晰：「快看，她耳朵紅了。」

話剛說完，就被白霜行塞了口焦糖布丁。

江綿好奇地抬眼。

白霜行膚色冷白，被柔軟的黑髮襯得宛如白玉，此時此刻，耳垂上悄然浮起一縷薄紅，格外顯眼。

小朋友不怎麼擅長安慰人，摸了摸自己的耳朵，遲疑一下，想說些讓她開心的話：「姐姐不用覺得害羞……是真心話。」

沈嬋笑個不停：「哦——白霜行，妳的耳朵怎麼更紅了？」

白霜行：「……」

這頓飯吃了很久，離開餐廳後，兩人買了幾件新衣服給江綿。

女孩從沒來過這麼大的商場，看得眼花繚亂，回到家，已是晚上十點。

「我和沈嬋在校外合租。」白霜行打開公寓大門，輕聲解釋：「剛好有間客房空出來，妳可以住在裡面。今晚好好休息，等明天中午，我們就啟程去百家街。」

「明早我要參加家裡的飯局，大概中午一點回家。」沈嬋熟稔地穿上小熊拖鞋，不知想到什麼，神色一凜：「我不在家裡做飯，妳可別帶著綿綿吃外食，不健康。」

白霜行義正辭嚴：「我像那種人嗎？」

「怎麼不像。」沈嬋敲她的腦袋：「如果不是我搬過來，妳恐怕要吃四年的外食，之前不是還生病難受，去醫院住了半個多月？」

……嗚哇，好像聽到了不得了的事情。

江綿微微睜大眼睛。

在她的印象裡，白霜行永遠是溫和又理智，渾身上下找不出一絲毛病。但現在看來……似乎和想像中不太相同。

還有沈嬋。

這個姐姐看起來冷颯孤僻、脾氣火爆，然而實際上，卻總是在為別人操心。

「冰箱裡還有幾個雞蛋、一堆蔬菜和一堆肉，不知道何年何月才能吃完。」沈嬋嘆氣：「總之，一定要注意身體，好好吃早餐，知道嗎？」

白霜行乖乖點頭。

她們的公寓位於Ａ大附近，屬於中高檔社區。

屋子裡裝潢精緻，風格清新，江綿走著走著，目光不經意掃過兩個房間。

沈嬋的臥室擺滿唱片、模型和化妝品，書桌和床頭櫃上，端端正正放著兩張全家福。

與之相比，白霜行的住處裡，生活氣息明顯銳減許多。

她學美術，書桌上是幾張紙和水彩顏料，床頭乾乾淨淨，沒有別的東西。

整潔，卻冷肅。

這讓江綿忍不住想，她真正的家人，究竟是什麼模樣呢？

對於大多數人而言，被捲入白夜，發生那麼多驚險刺激的事情，一定最先告訴家人尋求安慰吧？

可江綿從沒見她和家人聯絡過。

「妳的房間在這裡。」白霜行把她帶往走廊盡頭，溫聲笑笑：「好好休息吧，晚安。」

第二天，白霜行起得很早。

她像往常一樣起床開門，剛到走廊，就覺察出不對勁。

沈嬋已經出門，家裡應該不會有人做早餐，但走廊那頭飄來了濃郁的香氣。

她心中隱隱生出猜想，卻下意識不敢相信，尋著香氣走到廚房，不由得愣住。

江綿正從廚房裡出來，手裡捧著一碗雞蛋麵。

白霜行大腦當機一秒。

白霜行：「妳……妳做了早餐？」

「嗯。」江綿小聲：「我聽沈嬋姐姐說，家裡還有雞蛋……吃這個比較健康。」

她說著一頓，語氣認真：「不然會生病。」

沈嬋昨天曾無意中提起，她因為不吃東西，生病住進醫院。

這句話被一筆帶過，沒想到江綿把它牢牢記在心裡，特地早早起床，為她準備早餐。

白霜行心底忽地一軟：「謝謝。」

「以前在家裡，都是我和哥哥做飯。」女孩端著碗，把它放上餐桌：「……味道可能不是很好。」

其實這碗麵賣相不錯。

麵條細長，上面灑著綠油油的蔥花，雞蛋飽滿，挺著圓圓的肚子，很可愛。

白霜行拿起筷子，夾起一口送入嘴中。

不鹹不淡，味道剛剛好。

麵被湯汁浸透，散發出令人愉悅的濃香，蔥花平添植物的清新氣息，讓味道不至於油膩。

她毫不吝惜誇讚：「好吃，喜歡。」

說完了又覺得不好意思，明明是自己以姐姐的身分把江綿帶回家，結果到頭來，她反而成了被小朋友照顧的那一個。

白霜行摸摸鼻尖，抬頭看她：「妳不嚐嚐嗎？」

看向女孩側臉，白霜行目光定住。

——耳朵紅了。

江綿很少被人誇獎，猝不及防聽見那句「喜歡」，睫毛飛快一顫。

小孩五官精巧，因為毫無血色，乍一看去，像洋娃娃一樣。

也正因如此，當那抹淺紅悄然浮起，能被人一眼察覺。

白霜行有點明白，昨晚沈嬋為什麼要那樣逗她了。

江綿搖搖腦袋：「我不用了。」

話音方落，就聽白霜行笑了聲：「真的不要嗎？綿綿手藝很好，在家裡經常做飯嗎？」

女孩還是搖頭，抬起雙眼，恰好撞進白霜行含笑的視線。

不知怎麼，她被看得臉頰發熱。

於是耳朵更紅了。淺淡的粉色像是落霞或桃花，在白瓷一樣的耳廓上生長蔓延，蒼白的臉上，終於露出幾分孩童獨有的稚氣與懵懂。

讓人想起害羞的兔子，怯怯鼓著腮幫子。

很可愛。

江綿很有自知之明。

她的雙眼古怪又詭異，實在不討人喜歡，被長時間這樣看著，只覺愈發羞赧：「姐姐，怎麼了？」

「沒什麼。」白霜行說：「只是覺得……妳的眼睛很漂亮，像黑色玻璃珠。」

須臾間，眼前的整張臉被染上薄薄粉色。

白霜行無聲笑起來。

眉眼彎彎，像隻狡猾的貓。

「江綿長得漂亮，性格很乖，做飯也好吃，不用覺得自己和別人有什麼不一樣。」她用筷子夾起一小塊雞蛋，輕輕送入江綿口中，尾音輕而甜，悠悠上揚：「是真心話喔。」

——《神鬼之家（壹）惡鬼將映》完——

——《神鬼之家（貳）第一條校規》敬請期待——

高寶書版集團
gobooks.com.tw

YS 025
神鬼之家（壹）惡鬼將映

作　　者　紀嬰
責任編輯　吳培禎
封面設計　茵萊登曼特
內頁排版　賴姵均
企　　劃　何嘉雯

發 行 人　朱凱蕾
出　　版　英屬維京群島商高寶國際有限公司台灣分公司
　　　　　Global Group Holdings, Ltd.
地　　址　台北市內湖區洲子街88號3樓
網　　址　gobooks.com.tw
電　　話　(02) 27992788
電　　郵　readers@gobooks.com.tw（讀者服務部）
傳　　真　出版部(02) 27990909　行銷部 (02) 27993088
郵政劃撥　19394552
戶　　名　英屬維京群島商高寶國際有限公司台灣分公司
發　　行　英屬維京群島商高寶國際有限公司台灣分公司
初　　版　2023年08月

本著作物《神鬼之家》，作者：紀嬰，由北京晉江原創網絡科技有限公司授權出版。

國家圖書館出版品預行編目(CIP)資料

神鬼之家. 壹, 惡鬼將映/紀嬰著. -- 初版. -- 臺北市
: 英屬維京群島商高寶國際有限公司臺灣分公司,
2023.08
　冊；　公分. --

ISBN 978-986-506-791-5(平裝) --

857.7　　112011835